じっと手を見る

窪　美澄

幻冬舎文庫

じっと手を見る

目次

そのなかにある、みずうみ

一度目に会ったときはそうでもなかった。

でもそのときだって、嫌い、というわけでもなかった。

だけど、はっきりと、この人のことが好き、と意識したのは、二度目に会ったとき、あの居酒屋の、銭湯風の玄関かもしれなかった。

入り口にある下駄箱に各自靴をしまう、というスタイルの居酒屋だった。四角いビスケットくらいの大きさの、厚みのある銀色の鍵を抜き取ると、自然に鍵が閉まる。帰るときは再び鍵を入れて、自分の靴を取り出す。きれいに磨かれた革靴を取り出して、薄汚れたすのこに座り込み、靴ひもを結ぶ宮澤（みやざわ）さんの背中を見て、抱きつきたい、という気持ちが突然わき上がってきた。もしかしたら私はこの人のことが好きなんじゃないかと、そのとき初めて思った。

皺（しわ）の寄った水色のシャツの背中や、えり足だけなぜだかくるんと丸まった髪の毛や、左耳の後ろにある茶色いほくろ。私の目は瞬（まばた）きするたびに、それまで気づかなかった宮澤さんのさまざまな部分を見つけ出し、私の頭のなかに素早くそのデータを保存していった。

目の前にいる宮澤さんの横顔を見る。

宮澤さんは右を向いて、隣の茶の間にある音の出ないブラウン管テレビを見つめている。

ぽってりした唇と顎（あご）のラインが好きだと思う。画面が変わるたびに、光の量や照らされる場所が変わって、宮澤さんの顔にできる影の形も変わっていく。

私も左を向く。

深夜のテレビショッピング。ハイテンションの男性と女性がお徳用キムチをすすめている。赤く、爛れたような色のキムチを箸でつまんで口に入れる女性のアップ。咀嚼する女性の上唇の上にかすかな皺が寄っている。宮澤さんの上に私はいる。梅雨の長い雨が続いていて、夜になるといっそう肌寒くなったので、私も宮澤さんも上半身にはTシャツを着ている。雨が急に強くなったみたいだ。さらさらという音がぽつぽつに変わった。宮澤さんが一度、下から突き上げるように腰を動かした。突き上げられるその刺激だけじゃなくて、接合した部分から漏れる音にも感じてしまう。

テレビを消して、宮澤さんはまるでセックスなんかしていないように、世間話を始める。私のことなんかおかまいなしに。なぜだかセックスをしているときのほうが、宮澤さんは饒舌なのだった。

「それでね、事務所のそばにある中華料理屋の天津飯がめちゃくちゃうまくて」

「マンションの塀の上でカマキリが猫を威嚇してたんだけど」

そんなことを言いながら、宮澤さんは突然、Tシャツの上から胸の突起をきゅっとつまんだりする。暗闇のなか、次第に目が慣れてきて、宮澤さんの顔が浮かび上がるように見えてくる。するすると耳を通りすぎる意味のないおしゃべりの合間に、宮澤さんは、こすりつけるように動いてみて、とか、8の字を描くように動いてみて、と私にアドバイスする。そう言われても、上手にはできなくて、それでも、ぎごちなく、言われたように動いてみる。予想もしないような、ふとした角度に気持ちのいい場所は確かにあって、そんなときは自分の体に埋まった宝物を見つけたような気分になる。

　口のなかに宮澤さんのひとさし指が入ってきて、私はそれを舌で包み込み、吸う。

濡れたひとさし指と入れ替わりに、今度は宮澤さんの舌が入ってきた。上唇の裏側とか、前歯の裏の、歯と歯茎の境目を宮澤さんの舌が撫でて、なんだってそんなところが気持ちいいのだろうと、体の不思議を思う。腰が自然に動いてしまう。私の動きと、ふいに突き上げる宮澤さんの腰の動きが合致したときに、思いもよらないくらい奥深くに到達する。その瞬間に、私のなかから温かな水があふれ出た。この事態に備えたバスタオルは宮澤さんの下に敷いてある。私と宮澤さんが動くたび、あふれ出す。この温かな水がどこからやってくるのか私は知らない。海斗としているとき、こんなふうになったことはなかった。この水脈を掘り当てたのは宮澤さんだ。宮澤さんとセックスするようになって、それは起こるようになった。どういう理屈なんだか、接合した部分がもっとぬるぬるになる。宮澤さんが私の背中を支えて、ベッドに寝かせる。最後はいつも同じポーズで。出し入れのリズムが規則的になる。

Tシャツを乱暴にめくり上げられ、胸の突起を噛(か)まれる。

「日奈(ひな)ちゃん。だめ。そんなにしめたら」

荒い息とともにそう言われるのだけれど、意識的にしていることではないので、だめ、と言われても困ってしまう。自分の声の残響しか聞こえなくなった瞬間、接合した部分の奥深くが脈打つ。乱れた息が収まるにつれ、窓の外から雨の音が耳に侵入してくる。雨の粒が葉を強く打つ音がする。

宮澤さんに初めて会ったのは今年の一月のことだ。

宮澤さんは東京にある編集プロダクションの人で、私が卒業した介護福祉専門学校の入学案内パンフレットを作っていた。

卒業生を紹介するページがあるからぜひ出てくれ、と校長先生に言われたのは、月いちで行われる卒業生のための介護技術の勉強会のときのことだった。

絶対に絶対に無理です、と強く断ったのに、候補だった卒業生たちが次々にインフルエンザに感染してしまい、誰も出てくれる人がいないんだよ、お願いだから僕を助けると思って、と泣きつかれた。おまえ一人じゃないから、同級生の海斗も出るんだから、大丈夫だから、と説得され、渋々引き受けたものの、前日は緊張で一睡もできないまま、取材と撮影の日を迎えたのだった。

　年が明けてすぐ、私が働いている特別養護老人ホームに、その人たちはやってきた。

　午前中には海斗の働く別の施設で取材と撮影をすませてきたのだけれど、少し時間がおしてしまった、ということを早口で詫びながら、灰色のニットを着た男の人が名刺を出しつつ挨拶(あいさつ)をした。ディレクションをする宮澤です。と、少しかすれたような声で言って微笑んだ。

　ディレクションって何だろう、と思いながらお辞儀をした。入れ替わり立ち替わり、ライターとか、カメラマンとか、ヘアメイクとか、肩書きの違う人たちが、それぞれデザインの異なる名刺をくれた。初対面なのに敬語を使わない感じとか、まるでずっと前からの友だちみたいに接してくれる態度とか、私が今まで生きてきて、一度も会ったことのないような雰囲気をまとった人たちだった。

「じゃあ、先に撮影して、そのあとで取材ね」

「撮影前にメイクしてもらってね」

　スタッフのなかでいちばん若く見えた宮澤さんは、どうやらリーダー的な存在であるようだった。私におおまかな段取りを説明しながら、スタッフに細かい指示を出し、私とヘアメイクの女性を残して、ばたばたと部屋を出て行った。

「そのままでも十分きれいだけど」

黒い縁の眼鏡をかけたヘアメイクさんが、私の前髪を親指とひとさし指でそっと持ち上げながら言った。来客室の机の上には、たくさんのメイク道具が広げられていた。机の端には開くと段々になる黒いメイクボックスがあり、私が見たことのないような色とりどりのアイシャドーやチーク、大小さまざまのチークブラシなんかが隙間なく詰められていた。

「ほんの少しだけ」そう言いながら、ヘアメイクさんは、大きなブラシでフェイスパウダーをはたき、パフでおさえ、眉毛をパウダーとペンシルでくっきりさせ、鮮やかなオレンジ色のチークを頬にぼかした。しばらく黙っていると、できた、とヘアメイクさんが手鏡を渡してくれた。いつもより五割増しでくっきりした自分の顔が映っていた。超かわいい、とヘアメイクさんが、はしゃいだ声をあげた。お世辞とはわかっていてもうれしかった。

ヘアメイクさんと施設の庭に出て行くと、「すごいねぇ、富士山」と、宮澤さんが私の顔を見て大きな声を出した。町の中心から車で三十分ほど走った場所にあるここの庭からは、どんな建物にも邪魔されることなく、目の前に大きな富士山が見える。ここに来る人はみんなそう言う。だけど、富士山なんて、たまに見るからありがたみが生まれるのだ。どこに行っても富士山が見える町で生まれ育つと、あまりに当たり前すぎて感動がない。

「視線ここねー。アメリカ人みたいに笑ってー」

カメラマンの男性がそう言ったけれど、顔が強ばって笑えない。ずいぶんと気持ちの悪い顔で笑っているんじゃないかと思ったけど、いいねーいいねー、と言われたので、やけっぱちな気持ちになって、歯を見せて思いきり笑った。

「きれいだなぁ」宮澤さんが大きな声で言った。

「天国みたいなところだなぁ」

目を細め、ぼんやりした顔で、宮澤さんがまた大きな声で言った。おじいちゃんやおばあちゃんを連れてこの施設に来る人は、宮澤さんみたいにそう言う。そして、言ったあとにはっとして、少しだけ後悔したような顔をする。撮影が終わり、振り返って富士山を見た。頂上あたりに、天使の片翼のような雲がかかっていた。ここに来るおじいちゃんやおばあちゃんは、ほとんどの場合、ここで人生最後の時間を過ごす。確かにここは、ほかの場所よりも、天国に近いのかもしれなかった。


「ええと、お休みの日は、洗濯をして、掃除をして、時間があれば、ショッピングモールで買い物して」

そう答えると、ライターの女性が少しだけ困った顔をした。その表情を見て、胃がきりきりと痛んだ。普段の仕事の様子や、生活のことを聞きたいのだ、と言われ、生まれて初めてのインタビューが始まった。緊張しないわけがない。目の前のソファには、宮澤さんとライターさんがいて、私の言うことを聞き漏らさないように身構えている。

ライターさんは、さっきのヘアメイクさんよりも年齢が上に見えた。顎まで伸びた茶色い髪の毛を真ん中で分けて、唇にはうす桃色のグロスがつやつやしている。隣に座る宮澤さんが大学生みたいなので、二人で並んで座っていると、まるで歳の離れたカップルみたいに見える。

「趣味とかある？」

「特にないんです」

「好きなテレビとか？」

「テレビ見ないので」

「旅行とか行ったりしないの？」

「枕が変わると寝られないんです」

尋問か、と宮澤さんがライターさんに笑いながら突っ込んだので、場は一瞬なごんだけれど、ライターさんの目は笑っていなかった。この子は何が楽しくて生きてるんだろう、という顔をして私を見た。手にしたボールペンをゆっくりカチッ、カチッと、二回鳴らした。

「どうして介護士の学校に行こうと思ったの？」ライターさんが聞いた。

「おじいちゃんと二人暮らしで、将来、おじいちゃんを介護してあげられるかな、って」

「じゃあ、園田さんが介護士になったから、おじいちゃんも安心だね」

ノートにかりかりと文字を書きながら、ライターさんが言った。

「おじいちゃん去年、死んじゃったんです」そう言うと、ライターさんが、そっか、ごめんね、と小さな声で言った。

「あ、でも、天国で喜んでいると思いますよ」慌てて言うと、宮澤さんが、

「ええ孫や」と嘘っぽい関西弁で言い、右腕で目を覆って大げさに泣く真似をした。あほか、という顔をしてライターさんが宮澤さんを見て、

「今、いちばん何しているときが楽しい？」と続けて聞いた。

「……楽しいこと、ですか？　うーん」

「彼氏と遊んでいるときとか？」

「彼氏いないんです」そう言うと、ライターさんが、もったいなーい、二十四歳なのに、と大げさな声をあげ、宮澤さんが迷惑そうな顔をして両耳を塞いだ。若いんだから。恋をしなくちゃ。やけっぱちのように、ライターさんが言った。

去年の今頃は、確かに彼氏と呼べる人がいた。

専門学校の同級生だった海斗と、恋愛の輪郭をなぞるような恋をしていた。誕生日にプレゼントをもらったり、バレンタインデーにチョコレートをあげたり、二人でショッピングモ

ールに行って買い物をして、カラオケに行ったり。ひどく不慣れで無様だったけど、お互い、人生で初めてのセックスだってした。でも、どんなことをしても、心から楽しいと思える瞬間は来なかった。

この世でたった一人の血縁であるおじいちゃんが死んで、誰かのそばにいないと、頭がおかしくなりそうだった。だから、そばにいた海斗に頼った。だけど、本当に好きじゃない人といっしょにいても、もっと寂しいことに気がついてしまった。そのことをそのまま海斗に伝えると、海斗は声をあげて泣き、おまえが心配すぎるから次の彼氏ができるまでそばにいさせて、と、泣きながら言った。その勢いにおされて思わず、うん、と言ってしまったものの、別れたあとも何かと理由をつけて私の家にやってくる海斗に、それじゃつきあっていた頃と変わらない、と文句を言うと、月に一、二回、なかなか合わない休みの日を強引に見つけては、手作り弁当持参で私の家にやってくるのだった。

「かわいく撮れてるぞー、日奈」と言いながら、校長先生が手招きをして机の上にある紙を見せてくれた。にやけた顔で写っている自分の顔が目に入った。

「あ、もうこれで、これで十分です」と、返事をすると、

「もっとよく見なさい。ほらほら。おまえも海斗もタレントさんみたいだろ。お見合い写真

にこれ使え、な」と私の顔の前に校長先生が紙をつき出した。

そんなやりとりを、宮澤さんはにこにこしながら見ていた。そばに立つと、ずいぶんと背が高いんだな、と思った。

校長先生から電話があったのは、取材と撮影のあったあの日から、二カ月が経(た)った頃だった。宮澤さんが、原稿と写真の最終チェックで来ているので、もし都合がつくのなら学校に来てほしい、海斗は夜勤で来られないみたいだから、おまえだけでも見て確認してほしい、と電話で呼び出されたのだった。

仕事を終えて、そのまま車で東京に戻るという宮澤さんと、そそくさと家に帰ろうとした私を校長先生は強引に引き留めて、駅前にある和風居酒屋に連れて行った。運転しなくちゃいけないから、という宮澤さんと、お酒がまったく飲めない私のことなど気にも留めず、校長先生は一人でビールをぐびぐびと飲み、顔をまだらに赤く染めた。グラスを瞬く間に空にする校長先生と、校長先生のグラスにビールを注ぎ続ける宮澤さんを交互に見ながら、私はオレンジ色のチーズときゅうりをちびちび囓(かじ)っていた。

「それしか食べなくて大丈夫なの？」

向かい側に座る宮澤さんが心配そうに顔を見た。返事をしようとした私を遮るように校長先生が口を開いた。

「介護はね、宮澤さんが思っているよりはるかに重労働なんですよ。日奈のいる特別養護老人ホームなんかは本当のところ、姥捨山みたいなもんです。そんな人たちのおむつを替えたり、口のなかをきれいにしたり、吐いたものを片付けたり。ある程度は体力と気力で何とかなります。だけどね、そんなことを毎日毎日していると、食欲が湧かなくなる日もあるんですよ」

宮澤さんは黙ったまま、どろんと酔いのまわった目で話を続ける校長先生のグラスにビールを注いだ。

「だけど、そんなことは宮澤さんの作るようなきれいな学校案内には書けない。そうでしょ、宮澤さん」ビールを注ぐ宮澤さんの手が止まった。

「気になってらっしゃるところがあるなら、今からでも訂正はできますが」

まじめな顔で宮澤さんが尋ねると、校長先生が自分の顔の前で右手を大きく振った。

「いやいや、私は宮澤さんの作ってくれたものにケチをつけているわけじゃないんだ。本当のことを書いたら、うちの学校に学生は入ってきませんから。介護士は就職率が高いが離職率も高い。給料も安い。若い子は次から次へとやめていく」

私が言いたいのはぁ、と妙な節回しで校長先生が続けた。

「日奈はよくやってるってことです」

校長先生の目の端に涙が浮かんでいるように見えた。この子は自分一人で食ってくしかないんだから。またか、と思った。校長先生と飲むたびに最後はいつもこんな話になるので、早く帰りたかったのだ。うんざりした気持ちで、薄いきゅうりを囓っていると、宮澤さんが私を見た。だけど、その目には、ほかの人が向けてくるような同情らしきものはまったくなくて、ただ私の顔を見ていた。その視線の温度の低さが妙に心地よかった。

「タクシーで帰るから大丈夫。日奈もタクシーで帰れよ」

送っていきます、という宮澤さんの申し出を断って、千鳥足の校長先生は、駅前に停まっていたタクシーに飛び込むように乗ってしまった。タクシーが、ロータリーをぐるりと回って出て行くのを見届けてから、じゃあ、ここで失礼します、と頭を下げると、宮澤さんが、夜遅いから送るよ、と言いながら、私の返事を待たずに背を向け、居酒屋の駐車場のほうにすたすたと歩いて行った。少しだけ強引なその物言いに、鼓動が速くなった。

大通りから一本外れた道を十分ほど走り、消防署の角を曲がって、山に続く道を上がっていく。車が一台やっと通れるくらいの、舗装されていない細い山道なので、車体が左右に大きく揺れ、道の脇に生えた木々の枝や葉がフロントガラスに勢いよくぶつかってくる。

「仕事場まではどうやって行くの？」

「スクーターです。今日は雨が降りそうだったから仕事場に置いてきたけど」

「この道、夜は怖くない？」

「生まれたときからなので……、もうなんとも思わないです」そう答えても、宮澤さんは何も言わない。車のライトが山道を照らす。車から降りたら、もう宮澤さんには会えないんだな、と思ったら、いつまでもこの道が続けばいいと思った。「また会えますか？」という言葉が喉を塞ぐ。息苦しい沈黙が車内に充満していた。

私の家の前で宮澤さんが車を停めた。

私が住む家は、おじいちゃんが建てた築三十五年の廃墟のような木造平屋建てで、近所に住む小学生たちには、妖怪ハウスと呼ばれている。家の坪数よりも庭のほうが広く、その入り口に赤く錆びた門扉がある。門扉から家までは、十メートルほどのタイルを敷き詰めたコンクリートの小道があるのだけれど、私のふくらはぎのあたりまで伸びすぎた草に覆われてすっかり見えなくなっていた。草を刈らないといけない、と思うのだけれど、休日はそんなことをする気力すら湧かなかった。車から降りて、デイパックからマグライトを取り出し、灯りをつけた。

「あの、送ってくださってありがとうございました」そう言いながら、お辞儀をすると、

「家に入るのを確認したら車を出すから」と宮澤さんが言った。

いつものようにマグライトで足元を照らしながら、庭を横切って、玄関に向かう。背中に

宮澤さんの視線を感じていた。草のなかを歩くと、夜露のせいで、足元がひどく濡れた。玄関ドアの前に立って、マグライトで宮澤さんの車を照らし、ありがとうございました、と大きな声で言った。

「庭の草を」

マグライトの丸い光のなかで宮澤さんが車の窓を開け、口に手を当てて、大きな声で言った。少し聞こえにくかったので、私も左耳に手のひらをあてた。

「刈ってあげようか」さっきよりも大きな声で宮澤さんが叫んだ。

「っていうか、刈らせてもらえないかな」

右肩にかけていたデイパックを落としそうになって、マグライトが揺れ、灯りの輪のなかから宮澤さんが消えた。もう一度、車を照らして、はい、お願いします、と叫んでからお辞儀をした。玄関のドアを閉めると車が出て行く音がした。デイパックを抱きしめたまま、しばらく玄関に立ちすくんでいた。すんなりと再会の約束をさせてしまった宮澤さんと、それを受け入れてしまった自分の大胆さに驚いていた。耳が熱かった。

「いつまで寝てんだー」

私の部屋の窓の外から海斗の大きな大きな声が聞こえる。無視していると、玄関チャイムが何度も鳴らされた。もうっ、と怒鳴りながら玄関ドアを開けると、鮮やかなオレンジ色のマウンテンパーカーを着た海斗が、満面の笑みを浮かべて立っていた。

「もう少し寝かせて」と文句を言う私を無視して、海斗は部屋のカーテンを勢いよく開け、台所に行って、洗いかごに入ったままの食器をがちゃがちゃさせている。ぼさぼさ頭のスエット姿でちゃぶ台の前に座り込んだ私に、熱いコーヒーの入ったマグカップを渡してくれた。

「休みなんだよ。もう少し寝てたいよ」

私の言うことを無視して、海斗は茶の間のガラス戸の前に立ち、腰に手をあててコーヒーを飲みながら、「いい天気だなぁ」と大きな声を出した。

「おまえ、休みの日にこんなボロ家でぐずぐずしてんじゃないよ。早く着替えろ」そう言いながら私の腕を取り、強引に立たせた。

「五分で準備しろ」

子どもの頃からずっと柔道と剣道を続けていて、体もがっちりとした海斗は鬼軍曹のようにそう言うと、廊下をみしみしと音をさせながら歩き、玄関でスニーカーをつっかけて、大きな音を立ててドアを閉めた。せっかちな海斗を待たせると、あとからまた面倒くさいことになるので、大慌てで身支度をし、車に乗り込んだ。

晴天の春の日差しが私の顔を照らした。目の前に見える山脈の向こうに白い雲の連なりがあった。平日の午前中、市役所に続く大通りも、駅前のアーケードも、人も車も少なく、閑散としている。

「買いたいものあるからモールまで行ってくれる？」

「おまえさぁ、休みのたびにモールモールって、あそこがおまえの世界の中心か」

「だってあそこに行けば何でもあるもん」

「年寄り相手に大変な仕事して、休みになったらモール行って、ユニクロとか無印で服買って、なんたらフラペチーノとかばっかり飲んで、ろくにメシも食わねぇし、おまえ、それじゃだめでしょ。人生なめてんの」

「私はそれで十分幸せなの」

「俺たちが生まれたここには、すばらしいものがたくさんあるだろ。富士山とか温泉とか葡萄畑とか富士山とか温泉とか葡萄畑とか」

「それしかない」

「十分だろーが！」そう言いながら、海斗は風穴の交差点を曲がり、樹海に囲まれた道を走り続けた。窓をほんの少しだけ開けると、街中とは違うひんやりとした空気が流れ込んできた。

「また、湖に行くの？　やだ。行きたくない。この前も行ったばっかりでしょ」

「俺たちみたいな仕事してる人間は、こうやってガス抜きしないとだめなの。頭おかしくなるぞ」

ボーイスカウトに属していた海斗は、自然のなかで過ごすことが大好きで、つきあっていた頃は、何かというとキャンプをしに私を連れ出した。虫が嫌いだから行きたくない、と文句ばかり言っていたけれど、おじいちゃんが死んで眠れなくなっていた頃、テントのなかで寝袋にくるまり、海斗と二匹の芋虫のように寄り添っていたときだけは、熟睡することができた。

ピークニック、ピークニックと、でたらめな歌を歌いながら、海斗が急にスピードをあげた。そんなに速くしないで。私が言うと、海斗は、はっとした顔をして、スピードを落とした。細く開けた窓から入ってくる風が急に冷たく感じられて、私は慌てて窓を閉めた。

私が幼稚園に入る直前、私の両親は私を置いてこの世からいなくなった。

東京に単身赴任していた父親を乗せて、母親が運転し、私の誕生日に合わせて帰ってくる途中のことだった。スピードの出し過ぎで、濃霧で視界の悪くなった道路で横転し、車は炎上した。事故のあった道の端には、両親が用意してくれた、赤い包装紙にくるまれた誕生日プレゼントが転がっていたのだそうだ。火葬場で私にその話をした遠縁のおばさんを、おじいちゃんがひどく怒鳴ったことを覚えている。

おぼろげながら、両親の記憶もところどころに残っていて、父や母が私を抱いて微笑んでいる写真を見れば、寂しいと思うこともあった。けれども、おじいちゃんは、それ以上の愛情を注いでくれたし、何不自由なく私を育ててくれた。だから、恩返しをしたくて、介護士の道を選んだ。

海斗は専門学校時代のいちばん仲のいい男友だちだった。卒業したら、何年か介護士をして、ケアマネージャーになる、その後はお金を貯めて大学に行き社会福祉士になるのだ、と、海斗は自分の夢をくり返し私に語った。自分が大学を卒業して社会福祉士になったら、今度はおまえが大学に行けばいい。そのときは俺が支えてやるから。結婚、という言葉は口にしなかったけれど、海斗が語る未来は私にとってあまりに遠く、重すぎた。海斗が自分に好意を持っていることを知りながら、私は海斗の気持ちをはぐらかし続けた。

海斗の胸に自分から飛び込んだのは、去年の冬のことだ。

仕事から帰ると、おじいちゃんはちゃぶ台の前に座ったまま冷たくなっていた。ちゃぶ台の上には、私が用意した朝食が残ったままだった。畳には、空の茶碗と、茶碗の形に硬くなったごはんが転がっていた。一人で通夜と葬式を切り盛りし、気持ちが張りつめている時期を過ぎたら、空腹を感じなくなっていた。硬くなったごはんを思い出すと、食欲はどんどん失せた。日々痩せていく私に海斗は慣れない手つきで食事を作り、「おまえは名前のとおり、本当に雛(ひな)みたいだな」と言いながら、親鳥がえさをやるように、スプーンで少しずつごはんを食べさせてくれた。家族でもないのに、あれこれと世話を焼いてくれる海斗に申し訳ない気持ちでいっぱいだった。自分の気持ちが変わったわけではないのに、体重が少しずつ戻ってくる頃、私のほうから、つきあってほしい、と海斗に言った。そして、自分から別れを切り出した。生まれて初めて、自分を最低最悪の人間だと思った。

「ほら飲みな」

コールマンのガソリンストーブで沸かしたお湯で作ったインスタントコーヒーをアルミのカップに入れて渡してくれた。湖の西の端の岸辺には、人がほとんどいない。使われていないボートが裏返しになって、岸に並べられていた。目の前には街中で見るよりももっと大きな富士山が見え、道路を一本隔てた向こうには、樹海の原生林が広がっている。

いつからそこに置かれているのか、岸辺にある朽ちかけた木のテーブルの上に、海斗がお弁当を広げた。アルミホイルで包んだいくつものおにぎり。タッパーウェアのなかには、焦げた卵焼きと、タコの形に切ったウインナー、塩もみしたきゅうりが詰められていた。

「うまいか？」瞬く間におにぎりを一個食べた海斗が聞いた。

「ちょっとしょっぱいよ」

おにぎりのてっぺんを囓りながらそう言うと、相変わらず文句が多いなぁ、と言いながら、ペットボトルの水をごくごくと飲んだ。

「メシだけはちゃんと食えよ」

タコのウインナーを指でつまんで口に放り投げ、うーん、と伸びをしながら海斗が立ち上がった。がっしりとした肩、広い背中。その背中に腕を回したのが、もうずいぶん昔のことのような気がした。

「ごめんね」

「ごめんねって言うな」そう言いながら、海斗が頭を洗うときみたいに、両手で自分の短い髪の毛をくしゃくしゃにした。

「俺もしつこいよなぁ。自分でもそう思うわ」

海斗が私に背を向け、また富士山のほうを向いた。今日の富士山には雲がかかっていなくて、なんだかそんなときはいつもの富士山よりも迫力があるように見えた。鏡面になれば逆さになった富士山が見られるのだけれど、今日は波が立っていて、湖の表面は小刻みに震えていた。原生林のほうから吹いてくる強い風のせいだった。

火曜日は週に二回の入浴の日だった。先輩の緑川（みどりかわ）さんと二人で、二十人の利用者さんの入浴をサポートする。終わる頃には汗みどろになる。緑川さんは、持病の腰痛がつらいのか、さっきから顔をしかめている。

体がうまく動かない人には、シャワーをかけ、リンスインシャンプーで洗髪し、全身を洗ったあとに、陰部と臀部を洗う。時折、利用者さんの性器が目に入る。しなびた古い野菜のようなその性器を見ていたら、宮澤さんの尖った性器を思い出してしまい、子宮の奥のほうがひきつれたように収縮した。

草を刈らせてもらえないかな、と言った宮澤さんは、本当に一週間後、草刈鎌を携えて、私の家にやってきた。軍手をし、長靴を履いてタオルを頭に巻き、庭に膝をついて草を刈り出した。手伝います、と言うと、僕の楽しみを奪わないで、と笑った。掃除や洗濯をしながら、時々、庭にいる宮澤さんを見た。思い詰めたような真剣な顔をして鎌をふるっていた。庭に動く人がいるのが新鮮だった。宮澤さんだから、もっとうれしかった。午後三時過ぎに、お茶を飲みませんか、と伝えに行くと、

「あそこの隅に花壇があるよね」と、宮澤さんが錆びた門扉のほうを指さして言った。庭から、むっとする草のにおいが立ち上った。

「おじいちゃんが作ったんです。だけど、おじいちゃんが死んだあとは何にもしてなくて」

ゼラニウムやマリーゴールドやサルビアが植えられていた花壇も今は荒れ果てていた。

「庭をきれいにしてあそこに何か植えるといいよ」そう言いながら、長袖のシャツの袖で額

の汗を拭いた。

「草刈り、好きなんですか？」私が聞くと、宮澤さんが振り返った。

「初めて質問したよね僕に」

私の勘違いでなければ、そう言った宮澤さんの顔はほんの少しうれしそうに見えた。それがうれしくて、たくさん質問した。聞きたいことはたくさんあった。宮澤さんは私より七歳年上で、中野、という町に住んでいるのだ、と言った。けれど、いちばん聞きたいことは聞けなかった。彼女とか、奥さんとか、いるんですか。

やかんに水を入れながら、台所から宮澤さんのほうを盗み見た。茶の間の真ん中に立ち、部屋のなかをぐるりと見回している。鴨居の上のおじいちゃんや両親の写真、部屋の隅の小さな仏壇、茶色い茶簞笥、丸いちゃぶ台、ブラウン管のテレビ。おじいちゃんが働きざかりだった時代のまま、部屋に点在しているいろいろなものを宮澤さんは興味深げに眺めている。

湯飲みを載せたお盆を持って茶の間に入って行くと、宮澤さんが私の顔を見て言った。

「ご両親が亡くなられたのはいつ？」

「私が幼稚園に入る前です。だから、あんまり記憶もなくて」

「お線香あげさせてもらってもいい？」

私が頷(うなず)くと、宮澤さんは仏壇の前に正座をして、ライターで蠟燭(ろうそく)に火を灯し、線香に火をつけた。背筋を伸ばし、仏壇に向かって手を合わせる宮澤さんの手の甲に浮き出た血管を、また、私は記憶した。

おじいちゃんの定位置だったテレビの前に宮澤さんが違和感なく座ってお茶を飲んでいるのが不思議な気がした。海斗がそこに座っているときは、時間が止まったこの家のなかで海斗だけがカラフルな色をまとった異分子のようだったから。

宮澤さんはそのあとも、だいたい二週間おきにやってきては、草を刈り、東京に帰って行った。私の休日を聞かれ、海斗の休みと重なる日を避けて伝えた。おまえに彼氏ができたら、会わないし、家にも行かない、と海斗は言ったけれど、宮澤さんが自分の彼氏なのかどうか、判断ができなかった。私の休みは変則的だったが、平日でも宮澤さんはやってきた。

お仕事は大丈夫なんですか、と聞くと、

「今は仕事がそれほど忙しくない時期だから。ここに来ると気分転換にもなるし」と私の目を見ないで言った。

宮澤さんが来るようになって、季節が過ぎるのが加速していくような気がした。桜が咲き、散り、緑が萌える季節はあっという間に過ぎて、もうすぐ梅雨を迎えようとしていた。

私は台所でガスレンジを磨いていた。宮澤さんの声がしたような気がして縁側に行くと、宮澤さんが左手をタオルでくるみながら、やっちゃった、と小さな声で言った。
タオルに赤い血が滲んでいた。タオルを開くと、左手のひとさし指の先端から、拍動に合わせて噴き出すように血があふれてきた。薬箱から出したガーゼで傷口をぎゅっと押さえると、宮澤さんの眉間に皺が寄った。しばらく押さえたあと、大きな絆創膏をきつめに巻いた。ヤマガラの甘えたようなさえずりが、山のほうから聞こえた。ふと、見上げると宮澤さんの顔がとても近いところにあった。宮澤さんの右手の親指が、私の頬にやさしく触れたあと、顔が傾いて唇が触れた。

けがをした左手がうまく使えないので私が宮澤さんのデニムを脱がせ、私も自分で服を脱いだ。汗をかいた男の人のにおいがした。宮澤さんは私の体のいたるところにくちづけをして、唇や、舌や、指や、手のひらで、まるで羽根ぼうきで撫でるように私に触れた。男の人は海斗しか知らない。セックスは肉と肉とがぶつかり合うようなものだと思っていた。こんなふうに触れられたことは一度もなかった。

ぞわぞわとわき上がる快感が背骨の下から首のあたりを走っていった。胸の突起とか、足の間の突起とか、もう少し、強く触れてほしいという場所は、わざと避けているみたいだった。いじわるをされている、と思ったけれど、もっといじわるをしてほしかった。自然に足をきつく閉じてしまって、こすりあわせる左右の太腿の間からみだらな音がした。とっくにあふれて、太腿のあたりまでひどく濡れていることに気づいて、恥ずかしくて泣きそうになった。宮澤さんの舌が胸の間からおへその下へ移動していった。私の足を大きく開いて、宮澤さんが音を立てて吸った。体が弓なりに反った。舌の次に指が、その次に、宮澤さんが入ってきた。引き潮のように、私の内側は宮澤さんを受け入れた。指がずきずきする、と私の目を見て、宮澤さんが笑った。

そのまま、しばらくの間、宮澤さんは私の頭をやさしく撫でた。こんなときに変だと思うけれど、なぜだか、おじいちゃんのことを思い出していた。いいこ、いいこ。日奈はとってもいいこ。宮澤さんがぎりぎりの奥深くまで入ってきた。ゆっくり体を揺らされるたび、気持ちがいいのと、泣きたい気持ちが同時にわき上がってきて、どうしたらいいのかわからなかった。あえぎ声なのか、泣き声なのか、自分の口から出る音が、そのどちらなのかわからなかった。

指先がべたっと広がったおじいちゃんの皺だらけの手。その手が作ってくれたちょっぴり焦げたホットケーキ。髪に撫でつけていた、チック、という名の整髪料のにおい。そんなものを思い出して涙があふれた。首にしがみつくと、宮澤さんが体を起こして、私を膝に載せた。何度も下から突き上げられて、温かな水のようなものが自分のなかから漏れていく感じがした。そんなことが自分の体に起こるとは思わなかったので、驚いて宮澤さんの顔を見た。

何も言わずに、宮澤さんが私の涙を舐めた。見つめ合ったまま、宮澤さんが私の体を揺らした。私のなかをかき回すように、宮澤さんが動くたび、温かな水はあふれた。もしかしたらそれは涙と同質のものかもしれなかった。

宮澤さんは草を刈り、私とセックスをして、夜明け前に東京に帰って行った。雑草を根絶やしにする除草剤をまいたわけではなかったから、宮澤さんが草を刈っても次に来るときまでに、庭の雑草は刈られた分だけ生長していた。その草を宮澤さんはまた刈った。草を刈る、という口実はもういらないはずなのに、それでも鎌をふるった。

宮澤さんが来るようになって二カ月近くが過ぎて、私の携帯に非通知の電話が頻繁にかかってくるようになった。私が電話に出ると、いきなり切れた。たぶんその相手は、宮澤さんにつながっている誰かなのだろうという気がした。

二度目に会ったときは、もう一度会えれば、それでいいと思っていた。三度目に会ったときは、草刈りが終われば宮澤さんに会えなくなるのだから、と自分に言い聞かせた。六度目に会って初めてセックスして、彼女か奥さんがいるはずなのだから、これきりにしないといけない、と心に誓った。いつでも宮澤さんからはすっぱり足を洗えると思っていた。けれど、いつでもやめられると思いながら、ずぶずぶとはまっていく悪い薬のように、私は宮澤さんから離れられなくなっていた。

九度目に会って別れる朝、車に乗り込もうとする宮澤さんに向かって聞いた。彼女とか、と言いかけて、同じタイミングで宮澤さんと同時に声を出してしまい、宮澤さんが何を言ったのか聞こえなかった。そちらから先にどうぞ、というように、宮澤さんが私に手のひらを差し出した。

「……宮澤さん、彼女とか、奥さんとか、いるんですか？」

「……いたよ奥さん。……少し前までいっしょに住んでたけど。今はいない」そう言いながら、シートベルトをしめて車のエンジンをかけた。宮澤さんの言葉に喜んでいいのか、悲しむべきなのか、自分の気持ちがどっちに転んだらいいのか迷っていた。草に触れたせいで右足のくるぶしがむずむずした。そこを手で掻きながら言った。

「さっき、何か言いかけましたよね？」

「東京に一度来ないかな、と思って」

夜が明けたばかりの六月の空気はひんやりとしていた。Tシャツの上にはおったカーディガンをかき合わせた。

「……ごみごみしたとこ、あんまり好きじゃないから」

「なんとなく、そう言うんじゃないかと思ったけど」

笑った顔がなんとなくほっとしたような顔にも見えた。じゃあね、と言いながら車のドアをバタンと閉めると、小石を飛ばしながら、宮澤さんの車が山道を下りて行った。振り返って庭を見た。鎌で刈られたばかりの雑草の切り口がなぜだかひどく痛々しく感じられた。

しばらくすると、背中のほうでスクーターのクラクションが聞こえた。音のするほうを見ると、ゴーグルを持ち上げ、ハーフタイプのヘルメットを頭からむしるように取り、顔を真っ赤にした海斗がこちらに歩いてきた。

「今、そこですれ違ったぞ。あいつ、あれだよな。この前の」

「なんで、こんな朝早くに来たの？」私が聞くと、

「いつから、ここに来てんだ。つきあってんのか？」

私の問いに答えずに海斗が言った。

「つきあってない」

「じゃあ、なんなんだよ」

海斗に背中を向け、庭を横切り、玄関ドアのほうに歩いて行く。私といっしょに海斗も家のなかに入ってきた。廊下をどすどすと歩き、私の後をついてくる。台所のテーブルの上にどさっ、と白いビニール袋を置くと、なかに入っている卵やベーコンやオレンジジュースが見えた。

「おまえなんにも聞いてないの？　俺たちに取材した人、あれ、宮澤さんの奥さんだぞ」

ああ、あの人が。ボールペンをカチッと鳴らしたその音が聞こえてきそうだった。

「もういっしょに住んでないって」

「おまえ、馬鹿か。そんな嘘、信じてんの。なんで、こんな朝早く帰るんだよ」

「仕事が忙しいんだって」

はーっ、と海斗がため息をつきながら横を向いて、襖が開けっ放しだった私の部屋を見た。ベッドの上で、毛布や掛け布団やバスタオルがぐちゃぐちゃにからまりあっていた。

「やりに来ただけだろ。体だけの関係じゃん。うわー、き、た、なっ」

海斗の左頬を叩こうとした私の右手を、海斗がつかんだ。右頬を叩こうとした左手もつかまれた。

「海斗みたいに乱暴じゃないもん。やさしくしてくれる。私に本当にやさしくしてくれるよ」

両方の手首をつかんだまま、私の顔を海斗が見つめていた。言ってるそばから海斗をひどく傷つけたことはわかっていたけれど、海斗の表情の、今にも爆発しそうな怒りの奥に、ほんのかすかな憐れみを感じた瞬間、自分が放った言葉に急に恥ずかしさを覚えた。

私の手首を放し、海斗は何も言わずに帰って行った。

　眠れそうにはないけれど、横になりたかった。カーテンの隙間から漏れる朝日が、ベッドの上の布のかたまりを照らしていた。乱暴にシーツを剝がし、バスタオルとともに丸めて、洗濯機に放り込んだ。洗濯槽のなかで、右に、左に回転するシーツの青と、バスタオルの緑を見ていた。できれば、私もこのなかに入って、自分の汚れをさっぱりと洗い落としてみたかった。


「今夜は静かな夜になるといいねぇ」

　排泄の記録を書きながら、眠そうな声で緑川さんが言った。五十人近くのおむつ交換を二人で終え、緑川さんが自宅で淹れてきたコーヒーを二人で飲んでいた。椅子に座りながら、緑川さんが腰をさすっている。

「腰、痛いですか？」

「少しね。職業病だから仕方ないね。日奈ちゃんも気をつけないと」

　専業主婦だった緑川さんは離婚後、子どもを連れて実家に戻り、学校に入り直して、介護士になった先輩だ。私がこの施設に就職した当初は、緑川さんに徹底的にしごかれた。怒ると怖い人だけれど、人の悪口や仕事のぐちは決して言わず、あれこれと相談に乗ってくれる緑川さんと夜勤に入るのは、私の楽しみでもあった。海斗との恋の終わりを話したことはあったけれど、宮澤さんとのことは一度も話したことがなかった。

「元カレ、まだ来るの？」

「突然来ますよ。私が食事してるかどうかチェックしに」

「愛されてんねー。早く結婚して子どもばんばん産んじゃいなよ」私が黙っていると、「日奈ちゃんみたいに若くてかわいいと、いつまでも男の人が好きだ好きだって言ってくれると思うでしょ。選り好みしているうちに、あっという間に時間が過ぎて私みたいになるよ。ま、結婚しろ、って言っても、離婚してる私に言われたんじゃ説得力ないか」

　ははっと笑いながらそう言って、緑川さんは、また、腰をさすった。

　事務所のカウンターの前を誰かが通った気がして、顔を上げた。緑川さんが、あら、本多さんだね、と言って立ち上がった。認知症のおばあちゃんだった。時折、夜中になると、居室を出て、施設のなかを徘徊することがあった。私が立ち上がると、私も行くよ、今日はなんだか眠くてたまらないから眠気ざましにね、と緑川さんも立ち上がった。

　緑川さんがそばに近づいて、本多さん、と声をかけた。

「あぁ、よかった。こんなところで親切な方にお会いできて」

　本多さんの目がぱっと輝き、緑川さんの腕をつかんだ。

「あたくしね、急がないといけませんの。敬一さんが待ってらっしゃいますから。ほら、新宿の二幸前でね。でもね、道に迷ってしまって……」

「二幸の前までお連れしますよ」緑川さんが言った。

「ご親切にありがとう。本当に助かるわ」

本多さんが少女のように言って、また、すたすたと歩き始めた。

「にこう、ってなんですか？」

緑川さんの背中を追いながら、小声で聞くと、

「アルタっていうビルがあるの。新宿に。あそこに昔、食料品のデパートがあったんだって。施設長が言ってた」と、私に耳打ちした。

きょろきょろとあたりを見回しながら、本多さんが歩いて行く。非常出口の緑色のランプがリノリウムの床に反射している。薄暗い廊下に、きゅっ、きゅっ、と三人の足音だけが響いた。廊下を何回か往復したあと、緑川さんが頃合いを見て、「本多さん。こちらですよ」と言うと、本多さんは素直に自室のほうに歩いて行った。

「今日は三往復で助かったね」そう言いながら、明るい照明に目をしばたたかせ、緑川さんが赤いタータンチェック模様の魔法瓶から、私のマグカップにコーヒーを注いでくれた。

「敬一さんって誰なんですかね？」

「私も気になってケア記録見たことあるんだけど、本多さんのご主人の名前は、敬一さんじ

やないんだよね。昔の恋人なのかもね」

コーヒーを一口飲んで緑川さんが言った。

「忘れられない思い出なんだろうねぇ。私も昔の男のこととか、口走ったりして」

「別れた旦那さんのこととか」

「それは絶対にない！」

緑川さんが笑うと、あの、すみません。とカウンターの向こうで小さな声がした。本多さんだった。私が行きますよ、と、立ち上がろうとした緑川さんを制して事務所を出た。

さっきよりも速いスピードで本多さんが歩き始めた。

「遅刻してしまうわ。敬一さんが待っているのに。どうしたらいいのかしら」

振り返って不安そうな顔で私を見て言った。本多さんの横に並び、小さな肩を抱いて言った。

「大丈夫。間に合いますよ」

私の腕を振り払って本多さんが、敬一さぁぁぁん、と泣きそうな声で言った。本多さん、絶対に間に合いますから。と私が言っても、聞く耳を持たず、廊下を歩いて行く。小走りで本多さんを追った。敬一さぁぁぁぁん、というせつない声が廊下に響いた。

生きている間のがらくたのような記憶を抱えて、シャボン玉が割れるようにその記憶のひとつひとつが消え去って、そのときに私は誰の名前を呼ぶだろうか。本多さんの小さな丸い背中を見ながら、あの居酒屋の玄関で見た宮澤さんの背中を思い出していた。宮澤さんがこの前私の家に来た日から、一カ月以上が経とうとしている。梅雨が明けて、もう七月の終わりが近づいていた。


「ほら、見てみろ東京の空」

八王子インターチェンジを大分過ぎた頃に、海斗が目の前にある空を指さして言った。家を出たときには濃い青だった夏の空が、都心に近づくにつれ、どんどん白く濁っていった。さらに進むと、光化学スモッグのせいなのか、高速道路の先にある街の上をねずみ色に霞(かす)んだドームのようなものが覆っていた。

「毎日、あんな汚い空気吸ってたら、性根がねじ曲がっていくに決まってる」

海斗が吐き捨てるように言った。

宮澤さんの会社が危ないらしい。ああいう商売も今は不景気で大変なんだな。勉強会のあとの飲み会で校長先生がそう言った。その言葉を聞いて黙ってしまった私を、テーブルの向こう側から海斗が見つめていた。

「取材のときにもらった名刺の番号に電話したんだ。今日の昼ならいるって」

海斗にそう言われ、夜勤明け、強引に車に乗せられた。日曜日の午前中、遊びに行くのか、東京に向かう車は思っていた以上に多かった。高速道路を降りて、幹線道路を北上し、街道をさらに進んだ。

「あそこだ」

海斗が道沿いに建つビルを見上げて指さした。宮澤さんの会社のあるビルは、私の想像とはあまりにも違う古ぼけた建物で、一階ではドラッグストアが細々とした商品を店先に広げていた。ここで待ってるから。そう言う海斗を残して車を降りた。

大人が二、三人乗ればいっぱいになってしまうようなエレベーターはカタカタと音を立てながら時間をかけて三階に着いた。コの字形に続く廊下を歩いた。それぞれの部屋の前には、自転車や発泡スチロールの箱が置かれ、廊下に面した窓の面格子(めんごうし)には、ビニール傘がかけられていた。三〇二号室のインターフォンを押した。ドアが開き、宮澤さんがどうぞ入って、と言いながら、私をなかに招き入れた。最後に会ったときよりも痩せたように見える。十畳くらいの仕事場には誰もいなくて、がらんとしている。部屋の隅には、カーペットの上に直接パソコンが置かれ、口の開いた段ボール箱のなかに、ファイルや書類のようなものが詰め込まれている。宮澤さんは窓際に置いたパイプ椅子に私を座らせ、缶のココアを渡してくれた。

「連絡できなくてごめん。会社がね、いろいろあって。……だめになってしまって」

少し離れた窓際に立ち、缶コーヒーを飲みながら宮澤さんが言った。

「あの子から電話があったんだ。もう会わないなら、ちゃんと終わらせてやれって。ものすごい剣幕で」ブラインドの上げられた窓からは、都庁が見えた。

「いいやつだな。あの子」

近すぎる距離から見る富士山と同じで、目の前の都庁には現実感がなく、まるでペーパークラフトのように見えた。

「最初は日奈ちゃんがなんだかひとりぼっちみたいに見えて。……余計なお世話だけれど、力になってあげたいなんて思ってた。そのうち、自分の会社がどうにもいかなくなってきて、本当は、日奈ちゃんの家に行く前に、樹海に行って首くくろうか、なんて、思ったことが何度もあったんだ。……だけど、日奈ちゃんの家で草刈りして、日奈ちゃんの顔見て。……励まされたのはこっちだった」どこからかバタバタバタバタとヘリコプターの音が聞こえてきた。

「日奈ちゃんたちの仕事だって、あんなパンフレット作っておきながら、本当はどこか見くびってたところがあったんだ。東京で仕事して、ここが世界の中心みたいな気になって……いい気になって罰があたったんだな。地に足つけて生活してる、日奈ちゃんたちのほうが、ずっとずっと」「もう会えないですか？」

宮澤さんの言葉を遮って、俯(うつむ)いたまま言った。ヘリコプターの音が遠ざかって行った。宮澤さんが缶コーヒーを飲む音が聞こえた。

「あの子がそばにいるなら大丈夫だよ」私の質問への、答えじゃなかった。

もう一度、窓の外を見た。現実感のないあの都庁の建物に、たくさんの人がいて働いていることが想像できなかった。

「宮澤さんのこと好きでした。生まれて初めて好きになった人でした」

絞り出すようにそう言うと、宮澤さんが近づいてきて、私の頭の上に手を置いた。目を閉じた。好きです、と誰かに言ったことはなかった。好きでした、と言ったのも生まれて初めてだった。

「さよなら。元気でね」

頭の上から声がした。うっすら目を開けると、宮澤さんの足元が見えた。二度目に会ったときと同じ、きれいに磨かれた革靴を履いていた。顔を見てしまうと、どうにかなってしまいそうだったので、目を合わさずお辞儀をして、宮澤さんの仕事場を飛び出した。

宮澤さんが来なくなってから、庭の雑草は真夏の太陽を浴びて伸び続けていた。

ある日、海斗が電動草刈り機を持ってきて、庭の雑草を刈り始めた。時折、銀色の回転する刃に太陽が反射して、縁側でぼんやりと庭を眺めていた私の目を射た。こおろぎのような跳ねる虫が、短くなった草の間から慌てて飛び出して行った。

「なんだこれ」

地面を這うように伸びている蔓を、海斗が指でつまんだ。辿っていくと、庭の端にある花壇に続いていた。海斗がその蔓を引っ張ろうとしたので、だめ、と大きな声で叫んだ。サンダルを履いて近づいていくと、どこにも巻きつくことのできない蔓が、身をよじるように自らにからみついているのが見えた。蔓の途中にはうっすらと赤色が透けた朝顔の蕾がいくつもついている。宮澤さんが種を蒔いてくれたのかもしれない、と思った。そう思いたいだけかもしれなかった。抜かないで、と私が言うと、私と手に持った蔓を交互に見て、「支柱を立ててやらないとな」と言った。

あの日以来、海斗はまた私を甘やかすようになった。私が行きたいところに私を連れて行き、私が食べたいものを私に食べさせてくれた。

海斗と並んで、平日の昼間のモールのなかを歩いた。夏休みなので、たくさんの人が、ここで時間をつぶしていた。しばらく歩いているうちに、真新しい雑貨や、肌触りのいい洋服や、ここじゃないどこかで作られた新しい物たちが、ぎゅうぎゅうに詰まったこの空間が息苦しくなった。とりたてて必要のない、くだらないものを買って気を晴らしたかったのに、

欲しいものはここにはないような気がした。海斗に、湖に行こうか、と言うと、

「へーっ、珍しい。あ、まぁ、でも、ハートブレイクを癒やすにはいいかもね」と足を止め、私の顔を見て言った。

湖の向こうに雪のない富士山が見えた。

岸辺はバーベキューをする人や、キャンプをする人たちでにぎわっていた。海斗は人の多い場所から少し離れ、木陰に車を停めた。車のなかに入れたままになっているサンシェイドを出して広げ、

「少し寝るといいよここで。俺、そのへん歩いてくるから」そう言って湖の岸辺のほうに歩いて行った。

湖岸に寄せる小さな波の音を聞きながら、浅い眠りのなかで、いくつかの夢を見てはすぐに目を覚まし、また、とろとろと夢のなかに戻って行った。夢うつつのまま、記憶している宮澤さんの体の部分をひとつずつ思い出していた。背中や、顎のラインや、左耳の後ろにあるほくろや、手の甲に浮かんだ血管を。唇の柔らかさや、舌の熱さや、入ってくるときの、あの圧迫感を。けれど、その記憶もいつかきっと消え去ってしまう。誰かに呼ばれたような気がして目を開けると、私の顔を見ている海斗と目が合った。

「なんの夢見てんだよ。やらしい声出すなよ。ったく」そう言いながら、海斗が背を向けて、

私の隣に寝転がった。両腕を頭の上に伸ばし、頭をのけぞらせて外を見ると、夕焼けに染まった逆さまの富士山が見え、そこに向かって一隻のカヌーが進んで行くのが見えた。カヌーが作る波が鏡のような湖面をふたつに切り裂いていた。

「好きだから」海斗の声がした。横を向いて海斗の背中を見た。

「そばにいるから」そう言う海斗の肩に腕を伸ばして触れた。白いシャツは汗で濡れて、温(ぬく)もりと呼ぶには熱すぎる海斗の体を包んでいた。背中を向けたまま、海斗が私の手の上に自分の手を重ねた。もう一度、外を見ると、湖面には夕暮れのオレンジと薄紫に染まった空が映っていた。海斗の手が私の手を握りしめた。

「ほどかないよ」そう言う海斗の、広い背中に額を押しつけた。夏の終わりの静かな夜が近づいていた。

森のゼラチン

「そんなこと言うなら、親父みたいに樹海で首つるから」

そう言った途端、日奈の目から光が消えた。まるで突然、トンネルのなかに入ったみたいに。その言葉を吐けば日奈は黙る。子どもが駄々をこねるようなことは言いたくはないが、日奈と別れたくないのだ。

日奈は丸いちゃぶ台の向こうで、足を崩して座っている。風呂上がりの髪はまだ十分に乾いてはいない。タオルを首にかけて、メイクを落とした顔が青ざめている。

ちゃぶ台の上には俺がさっき買ってきた缶ビールの空き缶が三つ。日奈は一口も口をつけていない。全部、俺が飲んだ。

真夜中。柱時計だけが規則的な音を立てている。

日奈との間に別れ話が出るようになって二カ月になる。

「海斗と離れたい」

「いやだ」

「息ができない」

「絶対に別れない」

顔を合わせれば、そんな会話ばかりしている。

日奈はもう俺の顔を見て笑わないし、自分から目を合わせようともしない。

元々、仕事の時間帯も休みの日も違うから、すれ違ってばかりいた。

夜だけは小さなシングルベッドで身を寄せ合って寝たが、目を覚ませば日奈はすでに仕事に出かけていることも多かったし、寝ている日奈を起こさないように、夜も明けないうちからベッドを抜け出して出かける準備をすることもあった。

俺が口を開くたび、日奈は体のどこかを緊張させる。俺のことを怖いと思っているんだろう。だけど、自分だって、この日奈への執着をどうしていいのかわからないのだ。

何も言わない日奈にのしかかった。

俺の体の下に日奈の体はすっぽり隠れてしまう。日奈が俺の胸のあたりを手のひらで押し返そうとするけれど、そんなことをしたってまったく意味がない。骨密度の高い俺の太い骨と、容易に形を崩さない筋肉がはね返してしまうから。柔道の技をかけるように、くねる日奈の体に体重をかけ、左右の手首をまとめて握り、日奈の頭の上に持ち上げた。唇を近づけようとすると、ぷい、と横を向かれた。ちっ、と出そうになる舌打ちをすんでのところで押しとどめて、左手でTシャツをまくる。カシャカシャと妙な音がするトレーニングパンツと下着を同時に脱がした。

十分に濡れてなんかいないのに、以前あったような押し戻される圧迫感はなく、俺はただ圧倒的にやわらかいものに包まれてしまう。かたく目を閉じ、眉間に皺を寄せて、必死に耐えているような日奈の顔をじっと見る。ちくしょう、と思いながら、腰を動かすうちに、日奈のなかから、何かが湧いてくる感触がする。結合した場所が音を立てる。日奈が自分の手のひらで口を塞ぐ。

離れたい、別れたい男と寝ていても、声をあげそうになって、それを我慢している日奈を見ていると、ますます気持ちが離れなくなる。そして、日奈をもてあそんだ宮澤という男が憎くなる。

宮澤と会う前と後では、日奈の体はぜんぜん違う。

思い出すのは子どもの頃、寒さで硬くなった練り消しだ。手のなかで温め、もてあそんでいるうちに、手の熱がうつったように、やわらかく、ぐにゃぐにゃになるあれ。今の日奈の体はそれと同じだ。やわらかくしたのは宮澤で、俺はそのやわらかいものに執着している。

口を塞いでいる手のひらを乱暴に剝がす。

息を吐くのと同時にくぐもるような日奈の声が聞こえて、それと同時に俺も果てた。

俺が畳の上に仰向け（あおむ）けになり、息を整えているうちに、日奈は子ウサギが逃げるように風呂場に駆け込んだ。かすかに聞こえる泣き声。水音、プラスチックの風呂場の椅子が、タイルの床にぶつかる音がする。

今のうちに、と思いながら、日奈のデイパックのポケットを探る。奥にあった冷たい四角いものが手に触れる。携帯をつまみ出して、ロックを解除した。日奈のじいちゃんの命日。パスコードが変わっていないところをみると、たぶん、日奈は気づいていない。着信メールが三件。よくメールをよこす日奈の職場の同僚だ。まだ日奈は読んでいない。ほかのメールを探す。すでに読んだメールを。たくさんのメールに紛れていても、宮澤からのメールは、俺には蛍光塗料を塗っているみたいに浮き上がって見える。

〈日奈ちゃんのおかげで無事に契約がとれました。ありがとう。二十五日楽しみにしています〉

浴室の扉が開く音がした。

慌てて携帯を元の場所にしまう。日奈が何も言わずに居間に入ってくる。

「明日早いんだろ。俺、今日こっちで寝るから」

そう言いながらぺたんこにつぶれた座布団をふたつに折って枕にし、畳の上に体を横たえた。日奈は隣の寝室から薄い掛け布団を持ってきて、俺の体にかけてくれる。

「ありがと」

その言葉を消すように、日奈が天井からぶらさがった照明の紐をひっぱった。しばらくの間、俺のそばに立ったまま、日奈は何も言わない。寝室のほうに歩いて行く日奈に声をかける。

「ごめんな」

日奈は何も言わずに襖を閉めた。

どうしてこうなってしまったんだろうと考え始めてまた眠れなくなった。

二年前、宮澤という編集プロダクションの男がやってきた。日奈と俺が卒業した介護福祉専門学校のパンフレットを作るために。デザイナーなんていうちゃらけた商売をしているちゃらい男だ。俺と日奈は、それぞれの職場で、あいつらの仲間に、無理矢理笑顔の写真を撮られ、話を聞かせてほしい、と取材もされた。それだけの話だったのに、いつの間にか、俺と日奈の間に割り込むように、あいつは居場所を作り、日奈の家に来るようになって、日奈と寝た。何度も。何度も。その当時、あいつには奥さんがいた。俺たちに取材をした不細工な女だ。

今、俺はこの家で日奈と暮らしている。

しおれたような親父を見ていたくなくて、実家に居づらくなったというのもある。日奈はあいつと別れたあと、じいちゃんが死んだときと同じように、飯を食わなくなって、ひどく痩せた。最初は飯を食わせるためにここに通い、日奈の許可もとらぬまま、ここで生活を始めた。日奈は何も言わなかった。

日奈の態度がよそよそしくなったのは、今年の正月が明けた頃からだ。

宮澤とメールのやりとりをしていることを、いまだに日奈は俺に黙っている。俺は日奈の携帯を盗み見てそれを知った。日奈が俺と別れたいと言い出したのは、あいつのせいだ。日奈はあいつとよりを戻したいと思っている。けれど、俺は日奈と離れたくない。堂々巡りのループにはまり込んで動けなくなっていた。

力まかせに無理矢理抱いて、日奈を傷つけて、困らせて、自分がどんどん嫌な男になっているのはわかっている。けれど、どうにもできないのだ。じくじくと頭が痛む。横になってもすぐに眠れない。最近、いつもそうだ。

ごろりと寝返りをうつ。仏壇のほうからかすかに線香の香りがする。日奈を一人残して死んでしまった日奈のじいちゃんだって、俺のことが憎いだろうと思う。じいちゃん、俺をひどい目に遭わせてくれていいんだ。暗闇のなかで目を開けて、心のなかでつぶやいた。

柱時計が二回、ゆっくりと鳴って、そのあとはまた、規則的な音が続いた。日奈のにおいのする布団に顔を埋(うず)めた。

翌朝、目が覚めると、日奈はもう仕事に出かけたあとだった。

ちゃぶ台の上に一枚のメモがある。

「昨日の話、もう一度ちゃんと考えてほしいです」

そのメモを丸めてゴミ箱に放り投げる。洗面所に行き、残り湯をくみ上げるホースを浴槽に突っ込んでから、今時珍しい二槽式の洗濯機を回した。

居間に戻り、畳の上で開脚をしてストレッチを始める。最近、時々、腰が痛むことがある。介護士という仕事の持病だ。腰と背中と肩を十分にほぐしてから台所に行き、コーヒーメーカーでコーヒーを淹れた。マグカップに注いだコーヒーを、火傷しそうになりながら、二口飲む。

縁側の木枠の窓をぐっと力をこめながら開ける。スムーズに開けるにはコツがいる。

梅雨時特有の、じっとりと水分を含んだ灰色の雲が広がってはいるが、昨夜の天気予報では、お昼前から晴れると告げていた。縁側にごろりと横になって庭を眺める。まめに刈ってはいるものの、少し目を離せば、庭の草は伸び放題になる。電動草刈り機で刈らないとな、と思いながらも、つい先延ばしにしていた。

居間から持ってきた自分のバッグから、通帳を出して開いた。五十万、二十万、十万、三万、三万、一万……三十万。ある程度まとまっていた金額がどんどん減っている。専門学校を出て五年、こつこつ貯めた金が、母親に渡す生活費、今年の春から東京の私立大学に通うようになった弟の学費に変わっていく。

まずケアマネージャーになって、何年か働いたら大学に行って、社会福祉士になるつもりだった。その後は日奈に交代で大学に行ってもらう。専門学校の先輩夫婦が、そんなふうにして、交互に大学に行き、今は二人とも社会福祉士として働いていた。自分も同じ道を歩きたかった。その夢がもろもろと自分の足元から崩れていく。金も、女も、自分は失いつつある。

ふと顔を上げ、庭を見た。隅にある花壇には緑色の支柱が三本並び、朝顔が蔓を巻きつけていた。宮澤が植えた朝顔の種を日奈は大事にとっておき、次の年も花を咲かせた。そして、今年も。庭中、一網打尽に火炎放射器で焼いてやろうか。ふとそんな考えが頭に浮かんだ。雲の切れ間から日が差し始めた。洗濯終了を知らせるブザーが聞こえてくる。

頬に手をあてる。ざらざらしてんなぁ、と思いながらゆっくり立ち上がった。

車を走らせて湖に向かった。

待ちに待った休みだというのに、したいことは何もなかった。日奈や職場のやつらが行きたがるショッピングモールなんてうんざりだった。人のいないところに行きたかった。人の気配がないところに。

前にも後ろにも走る車はない。窓を全開にして、スピードを上げた。この季節にしては少し冷たすぎる風が、車のなかの澱んだ空気をかきまわすのが小気味よかった。

湖のほとりにあるボートハウスに入っていくと、雄三が折り畳み椅子の上に足を投げ出し、じっと携帯を見つめている。

「よ」

肩を叩くと、それはちょっと大げさすぎるだろ、というくらい驚いた顔で振り返った。

「海斗、ちょ、なんで」

「休みだから顔見に来たんだよ。おまえ、何そんなに夢中になって携帯見てんだよ」

「あ、い、いや、今、エロ動画見てた。あ、ソフトクリーム食べる？」

「いらない」

雄三は慌てて携帯をパンツの後ろポケットに押し込み、店の奥にある厨房に引っ込んで、ジュースサーバーから紙コップに何かのジュースを注ぎ、一気に飲み干した。

「暇なのか？」

「こんな平日の、こんな天気の月曜日、ボートに乗りに来る客なんかいないよ。見てみろよ」

そう言いながら口の端を手の甲でぐいっと拭いた。雄三の言うとおり、湖にはボートが一艘も浮かんでいない。岸辺には、ぽつりぽつりとカラフルなサンシェイドや折り畳み椅子が見えるが、皆、どこに行ってしまったのか、人の気配はない。

「ビールおごろっか?」

「いや車だし」

「じゃあ、コーヒーでも。外で飲むか」

そう言うと、コーヒーサーバーから、紙コップになみなみとコーヒーを注いでくれた。紙コップが持てないほど熱い。親指とひとさし指ではさむように持ち、ボートハウスの前のベンチに雄三と並んで座る。目の前には書き割りのような富士山。生まれたときから見慣れていると、もう心はぴくりとも動かない。

雄三は中学、高校の同級生で、高校卒業間近にガールフレンドを妊娠させ、同級生のなかで誰よりも早く父親になった。雄三の親父は駅前のパチンコ屋や、ビジネスホテルや、このボートハウスなど、手広く商売をやっていて、雄三が家族を持ったときに、自分の仕事の一部を任せたのだった。

「親父どうなのよ?」

雄三はまたコーラを飲んでいる。高校のときからそうだった。苦いから、と言ってコーヒーが飲めない男だった。放課後はいつもペットボトルのコーラを手にしていた。そのせいか、同い年とは思えないほど、腹が出ている。

「どうもこうもないよ。助かったけど死んでるみてーだし。あっつ」

いつ淹れたコーヒーなのか、煮詰まりすぎて、まずい。そして熱い。

親父が樹海で首をつろうとしたのは、去年の暮れ、あと数日で新年を迎えようとしているところだった。居酒屋の商売がうまくいかなくなっているのは知っていたが、死ぬほどのことじゃないだろう、と高をくくっていた。

母親から「お父さんがお父さんが」と切羽詰まった声で電話がかかってきたとき、俺は、職場で爺さんが吐いたものを片付けていた。死にてぇのはこっちだ、と思いながら、夜勤明けの眠たい目をこすりつつ、病院に駆けつけると、首に赤黒い蛇みたいな痣をつけて、大いびきで眠っている親父がいた。

「大変だったな……」

妙にうなだれ、芝居じみた深刻な声で言う雄三の不器用なやさしさがおかしかった。

「雄三の子どももでっかくなっただろ」

十八で父親になったのだから、もう子どもは八つだ。自分に八歳の娘がいることを想像しようとしたけれどうまくいかなかった。

「それがさ、失敗して二人目できちゃって」

雄三が照れたように耳の後ろをかいた。

「秋には生まれるんだよ」

「……よかったじゃん」言いながら、よかったなんてぜんぜん思っていないことに気づく。

「子どもなんて、いいことなんかなんにもないよ。もう人生終わったような感じだもん俺」

そう言って紙コップの縁をかしかしと歯で囓っている。学生のときからの雄三の癖だ。

「腹がでかい女って、俺なんかおっかなくて」

「なんでよ。自分の奥さんだろ」

「そばにいたら迫力がありすぎんのよ。おっぱいも腰も、子ども産んだら、どーんとしちゃってさ。安定期に入ったら腹が空いて仕方ないらしくて、いっつも口もぐもぐさせてんだ。口の端にクッキーの粉とかつけてさ……もぅ、たまんないよ。高校のときなんかあんなに細くてかわいかったのに」

風が強いのか富士山の裾野にかかる雲が瞬く間に形を変えていく。

結婚をして子どももいて、とりあえず仕事にも困っていない雄三がうらやましいと思ったこともあったが、雄三自身はちっとも幸せそうでも、うれしそうでもない。日がな一日、シーズン以外はあまり儲かっていそうもないボートハウスを一人で切り盛りする仕事も苦労があるんだろうな、と思った。確かにこんなところで、客も来なければ、エロ動画でも見て気を紛らわさないとやっていけないだろう。

「おまえ、彼女と結婚しないのかよ？」

ん、うーん、と言いながら伸びをした。その勢いで腰の骨がにぶい音を立てる。

「親父が落ち着くまではなぁ。結婚するなら金もかかるし」

「……だな。慌ててすることなんかねぇよ」

そう言いながら、紙コップのなかに残ったコーラを一気に飲み干した。

「結婚なんて人生の墓場だからな」

雄三は、きゅっとひねるように紙コップを握りつぶし、ベンチの脇にあるゴミ箱に投げ入れ、「ちょっとトイレ。腹冷えたわ」とボートハウスのなかに駆け込んで行った。

いつの間にか、一艘のカヤックが滑るように湖面を進んでいた。カヤックの先には、やけに毛のもふもふした茶色い犬がちょこんと座っている。オレンジ色のレスキュージャケットを着て乗っているのは男と女。恋人同士だろうか、夫婦だろうか、とふと思う。あの人たちは幸せっぽいな。いや、わからない。あの人たちだって、カヤックを漕ぎながら、昨日の俺と日奈みたいに別れ話をしているのかもしれないし。

俺を受け入れながら、眉間に皺を寄せて、必死に耐えている日奈の顔が浮かぶ。俺の汚さを拒否しない日奈が、さっき雄三が言ったみたいに恐ろしく感じられることもある。女っておっかない。そう思っているのに、なぜ女に近づき、女を好きになるんだろう。

太陽が雲に隠れたせいで、急に気温が下がったみたいに感じる。ウィンドブレーカーのジッパーを上まであげて、そこに顔を突っ込んだ。自分の吐いた息で、冷たくなった頬が、少しずつ温まっていった。

家に帰ると、日奈はまだ帰っていなかった。すっかり乾いた洗濯物を縁側に放り投げ、テレビをつけてから台所に行き、流しの下にある米びつから二合分の米を量って銀色のボウルに入れた。勢いよく水道の水を流し入れ、軽くすすいで水を捨てた。同じことをもう一度くり返した。米を研ぎながら、聞こえてくるテレビのニュースに耳をすました。

どこかの街で地震があったらしい。

どうしたって記憶がループする。数カ月前に大きな地震が起こったその日、俺も日奈も、それぞれの職場にいた。俺のいる特別養護老人ホームでは、午後のレクリエーションの時間だった。大きな風船を使ってバレーをしていた。皺だらけの手がふわりふわりと打ち返す赤い風船の動きをぼんやりと見ていると、突き上げるような揺れが起こり、予想以上に長く続いた。何かが倒れたり、壊れたりするほどの被害はなかったが、地震が起こったあとは、食事をする時間も、日奈にメールをする暇もなかった。地震のせいで血圧が上がったり、パニックになったりする利用者たちがたくさんいたからだ。その人たちを落ち着かせ、自宅に帰

いまま、家に戻ると、日奈が泣いていた。ぐったりと疲れ、空腹なのか、胃の気持ち悪さなのかわからな

「怖かったな地震。大丈夫だったか？」

何も言わず声も出さずに涙を流していた。

日奈は地震が嫌いだ。相当怖かったんだ、そう思った。その日は早めに二人でベッドに入った。うとうとし始めた頃、日奈のすすり泣きで再び目を覚ました。狭いベッドのなか、背中合わせで寝ていたが、日奈のほうを向き、こっちを向かせて、日奈を抱きしめた。生まれたての雛のような小さな体がかすかに震えている。

「大丈夫。大丈夫だよ」

子どもに言い聞かせるように小さな声でつぶやいた。日奈の温かい息を鎖骨のあたりに感じた。髪をゆっくりと撫でる。

「今日の地震の震源地の…………あの町にいるの」

「誰が？」

「…………」

「誰がいるんだ？」

「……宮澤さん」

あの出来事があってから、日奈は初めてその名前を俺の前で口にした。俺の腕のなかで。

「……なんで知ってんだ」

俺の声の尖り方に日奈が体をかたくしたのがわかった。

「……ふぇ、フェイスブックで……」

そんなものを日奈が見ているなんて、そのときまで知らなかった。その言葉が本当か嘘なのか。確かめるのも怖かった。

「……あいつ、そんなとこで何してんだ」

「……コピー機の、営業の仕事してるの」

その言葉を聞いた瞬間、ざまあみろ、と思った。デザイナーじゃないのかよ。さんざ、俺たちや俺たちの仕事、上から目線で馬鹿にしておいて。

くるくると俺の心のなかが変わる間も、日奈は俺の腕のなかですんすん、と洟をすりながら泣いていた。

「携帯つながらないの……」

知るかよ、と喉元まで出かかった。宮澤と連絡をとりあっていることなど、そのときまで知らなかった。

「おまえさ……」

日奈が暗闇のなかで顔を上げ、俺の顔を見た。あいつのことまだ好きなのか、という次の言葉が喉に張り付いていた。日奈の答えを聞くのが怖かった。嫌いな男の消息など、調べるわけがないのだから。

その夜、全部のみ込んで「大丈夫だから」と呪文のようにくり返し、日奈が寝息を立てるまで背中をさすり続けた。

そのあと宮澤と連絡がついたのか、日奈は一切俺の前で宮澤の名前を出さなくなった。俺が日奈の携帯メールを盗み見るようになったのはその頃からだ。

俺と別れたいのなら、宮澤の名前を口に出せばいいのに。そう思うけれど、日奈はそうしない。それが不可解だった。ざーっと音がしてボウルから水があふれ出していた。慌てて蛇口を閉める。日奈の気持ちが俺にないとわかっているのなら、別れたほうがいいんだ。けれど、日奈から別れ話を切り出されると、どうしても首をたてに振れないのだ。

どんなに嫌われても、いつまでもこのまま、日奈のじいちゃんの住んでいた古ぼけたこの家で、日奈といっしょにいたいんだ。

今日は中介(なかかい)担当の日だった。洋服を脱ぐのを手伝ったり、浴室の外の仕事を担当するのが外介(そとかい)。中介は、浴室の中の仕事を担当する。今日入浴するのは、ある程度、体の自由がきく男性の利用者だから、その人ができないことを手伝う。シャンプーで頭を洗い、シャワーで流し、ボディソープをつけたタオル地のグローブのようなもので体をこする。

昼までに四人のスタッフで二十人近い利用者を風呂に入れないといけない。

中介担当の日は、浴室に入る前に、ポカリスエットを必ず飲むようにしていた。以前、浴室のなかで脱水症状を起こし、そのまま倒れて、タイルの床に後頭部をぶつけたことがあるからだ。

かけられる時間は一人十五分。できることはできるだけ自分でやってもらうが、声かけをしないと、いつまでものんびり髭(ひげ)を剃(そ)っている利用者がいたりするので気が抜けない。洗っている間は何も考えない。入浴のときだけじゃない。介護の仕事は、どこかで感情のスイッチを切らなければ続かない。

Tシャツに短パンという専用の服を着ているが、浴室にいると、背中を汗が流れ、前髪から汗が滴り落ちてくる。隣で中介をしている新人にも目を配りながら、手を動かす。

今年の春も四人の新人が入ってきて、すでに二人やめた。

そりゃそうだ。若いやつらにとって楽しい仕事じゃない。

毎日、毎日、皺だらけの老人に囲まれていれば気も滅入(めい)る。自分が世話していた利用者が死んでいくことも多い。だけど、確実に食べられる。贅沢をしなければ。ただし、そのことの有り難さに気がつくのは時間がかかる。自分の価値とか、仕事のやりがいとか、そんなことにこだわっているやつらほど、時間をおかずにここを離れていく。自分はこんなところにいるべき人間なんだ、と割り切るまでは、俺だってずいぶん時間がかかった。いや、今だって割り切れてはいないのだ。

隣で作業をしている畑中（はたなか）は新人といっても俺より年上だ。若い頃に結婚して離婚して、その後、資格を取って、こっちに戻ってきたのだという。

「子どもは元だんにとられちゃったんで。独身です」

新人歓迎会の飲み会でそう言っていた。Vの形に開いたニットから、深い胸の谷間が見えた。エロい、色っぽい。酒がすすむにつれ、まわりにいる男性職員が、にやにやと笑いながら、うわごとのようにつぶやき始めた。

Tシャツ一枚なら、余計に胸の大きさは目立つ。

入浴が終わった利用者を、浴室の外で待っていた外介担当の職員にあずけ、畑中に近づいて作業をチェックした。利用者の体を洗いながら、畑中が俺の顔を見上げる。アップにまとめた髪のほつれ毛が、濡れて、首筋に張り付いている。

「じゃあここからは自分でやってみましょうか」

畑中がそう言いながら専用のグローブを利用者に渡した。右半身に軽い麻痺（まひ）のあった利用者だが、リハビリを経て、右手はかなり自由に動くようになっている。それを畑中が見守り、難しいところがあれば手伝う。

「先輩の彼女も介護士なんですね」俺に近づき、ささやくように畑中が言う。

「屈（かが）まないと洗いにくいところ手伝って」

畑中の言葉を無視して顎で指図した。畑中が利用者の横に座り、下半身を洗う。足の裏、臑（すね）、膝、腿。最後に陰部を。泡だらけのグローブが利用者の体の上を撫でるように移動していく。その瞬間、畑中がちらりと俺の顔を見た。

「耳の後ろとか、わきの下、よく流して」

俺が何か言うたびに畑中は「はい」と返事をする。シャワーで利用者の体に満遍なくお湯をかけていく。シャワーヘッドをつかんだ畑中の手やショートパンツから伸びた足の白さが湯気の充満した浴室で浮かび上がるようだ。二人で支えながら、利用者たちを浴室の外に連れて行く。最後に浴室の掃除をして作業は終わる。

スプレー式の洗剤を床に吹きかけ、ブラシでこすっているときに、畑中が笑いながら近づいてきた。

「さっきの人、あたしが洗ったら、ちょっと元気になってましたね」

「くだらないこと言うな。手、動かせ」

そう言いながら、ブラシを動かす畑中の後ろ姿を盗み見た。足首に流し忘れたボディソープの泡。いつか見たAVを思い出していた。巨乳の女が泡だらけになって車を洗うそんなAV。くだらねぇ、と思いながら見始めたものの、実際は……。「先輩」

「先輩、気分悪いですか？」いつの間にか畑中が俺を見上げて笑っていた。

「あ、いや、頭がぼーっとしただけ」

「最近、よくそういう顔してますよね。もしかして彼女とトラブってるとか」

「関係ねぇだろおまえに」

どすをきかせたつもりだが声がかすれた。ふふっと笑いながら畑中が俺のブラシを持って浴室を出て行った。目に入りそうになった汗を、右腕でぎゅっと拭った。子どもの頃、親に叱られて泣くと、こんなふうに涙を拭っていたことを思い出した。


「先輩これ食べてくださいね」

夕方近くになって赤い布で包まれた四角いものを、畑中が休憩室で俺に差し出した。

「今日遅番でしょ。夜中おなかすきますよ。……じゃあお先に失礼します」

メイクを直したのか、アイラインやマスカラでやけに目のでかくなった畑中がするりとドアを出て行った。

その場で包みをほどき、蓋にひよこのイラストの描かれたプラスチックの弁当箱を開けた。明らかに冷凍食品のハンバーグや、ミートボールを詰めた弁当箱の隅に、小さなゼリーが入っていた。甲虫のえさみたいな小さなカップ入りのゼリーだ。日奈もいつもこんなゼリーで冷蔵庫をいっぱいにする。フルーツの詰まった黄色や赤のゼリー。休みの日など、目を離せば、ろくに飯も食わずに、こんなゼリーで腹を満たそうとする。

弁当箱を手にしたまま、ふーっと息を吐いて折り畳み椅子に座り込む。

子どもの頃、甲虫には食べ残した西瓜や胡瓜をやっていた。どの子どももそうだった。甲虫にゼリーでできたえさをやるようになったのはいつからなんだろう。弁当箱から葡萄色のゼリーをつまみ上げ、蓋を剝がして口をつけ、すすり上げるように飲み込んだ。

夏になると、親父の車に乗って弟と森に甲虫をつかまえに行った。

蓋の色の違う虫かごを弟と二人、枕元に置いて寝た。真夜中、かり、かり、かり、と、虫かごのプラスチックの壁を、甲虫がこする音で目を覚ました。目をこらすと、常夜灯のオレンジの灯りのなかで、甲虫は苦しがってもがいているように脚を動かしていた。虫かごから出して外に放してやりたいような気もしたけれど、どうしてもできなかった。ここから森までは遠い。戻ることだってできるはずはないと。

夏休みの終わり、おふくろが冷蔵庫にしまっておいた甲虫用のゼリーを、弟が間違って食べてしまったことがあった。弟がしゃくり上げて泣くのを、親父やおふくろが笑いながら見ていた。泣いている弟の頭を親父はやさしく撫でていた。俺は三人の姿を襖の向こうから見ていた。なぜだか、その輪のなかに入っちゃいけないような気がしたからだ。

浮かび上がりそうになる記憶を俺はまた沈める。自分の奥深くに。

空になったゼリーの容器をゴミ箱に入れ、弁当箱に蓋をした。伸びをすると腰がまたにぶい音を立てる。長い夜が始まる。一人で物思いに沈むことがないように、いろいろなトラブルが起きて、忙しく夜が過ぎていけばいいと、そう思った。


小学生のときには、上級生の父親が一人死んだ。

中学のときにも一人。同級生の母親だった。高校のときに死んだのは、入学式以来、顔を見てなかった引きこもりのクラスメートだった。そのなかに自分の父親が含まれたのかもしれなかった。

生まれて育った場所の、すぐ近くに自殺の名所があるのはなんとも奇妙な気持ちだ。

日本を代表する美しい富士山があって、その裾野に樹海がある。たくさんの人を吸い込むブラックホールみたいな場所が。

遊歩道から大きく外れた薄暗い場所で、親父はハリモミの木にロープをかけ、その輪のなかに首を突っ込んだ。けれど、ぶらりと首をつった状態になったのはほんの一瞬だった。縛り方がまずかったのか、ロープは切れ、むき出しの溶岩の上にぶざまに着地して足首を折った。そして、気を失っていたところを、自殺防止ボランティアの人たちに運良く発見されたのだった。

親父の居酒屋の売り上げが悪いのは知っていたが、それほど思い詰めているとは思いもしなかった。店のある駅前アーケードの商店はどこだって同じようなものだ。不景気が続く、売り上げが悪くなる、気がつくとシャッターが下りている。それに比べれば、ある程度の常連客がついている親父の店はまだいいほうだと思っていた。

その前日も、俺が仕事を終えて、親父の店に寄ると、馴染(なじ)みの客の話に笑顔で頷き、汗をかきながら炭火で焼き鳥を焼いていた。そして何も言わずに店のカウンターの隅に座った俺に、生ビールを飲ませてくれた。

もし、あのとき、親父がそのまま死んでしまったら、とふと考える。あのとき見た親父の姿や、そのとき飲んだ生ビールの味は一生忘れないだろう。そう思ったら、急に怖くなった。血のつながった人間なのに、その内側では何を考えているのか、何が進行しているのか、まるでわからない、ということが。

その親父が目の前でぼんやりとテレビを見ている。

退院したあとは病院から処方された抗うつ薬を飲んでいる、とおふくろから聞いた。

「今までずっと働きづめだったんだもん。お父さんも少しは休まなくちゃ」

おふくろはそう言って朝から晩まで、パート先を走りまわっている。働きづめなのはおふくろも同じだ。おふくろはいったいいつ休むんだ、と言いかけて、口をつぐんだ。

「お金がないから大学は自分で働いて行ってほしい」

俺が高校三年に上がったばかりの頃、畳に額をこすりつけるようにして、頭を下げたおふくろが、同じように俺に頭を下げたのは、今年の三月のことだ。

「弟の学費を少し助けてほしい」

実際は少しどころではなく、俺よりはるかにできのいい弟が合格した私立大学の入学金と前期の授業料、弟が住む東京のアパートの敷金、礼金、そして、親父とおふくろの生活費の一部、三人のために金を渡し続けた。俺はまるでATMみたいだった。

「昼飯、なんか食う？」

「いや、かあさんが用意してくれたから」

そう言って親父が目をやった先には、ランチパックがふたつ、乱暴に折り畳まれた新聞の上に置かれていた。親父は手を伸ばし、袋を開けて、その白くてやわらかいものをもそもそと口に入れた。どこかのでかい工場で、見知らぬ誰かが真夜中に作った、得体の知れない食べ物を。

「食うか？」

「いや……俺はいいや」

口を動かしながら、親父はテレビから目を離さない。

首にできた赤黒い蛇のような痣はいつの間にか消えてしまったけれど、親父は首をつる前の親父にもう絶対に戻れないんだろうな、とそんな気がした。

親父の焼き鳥も、もう二度と食えないのかもしれない。そう思った途端、唾が湧き、俺はそれをしばらくの間、口のなかに溜めてから、ごくり、と大きな音を立てて飲み込んだ。

日奈が宮澤と会うことになっている二十五日が近づいてきた。その日は俺も休みをとっていた。ベッドのなかで日奈に聞いた。

「なぁ……今度の休み、どっか行く？　たまには映画でも行くか？」

「その日……用事があるから」

そう言って日奈は背中を向けた。宮澤とどこで会うつもりなのか。ここか、東京か、それとも、あの町か。俺は日奈のほうを向いた。髪からシャンプーの香りがする。いつまで言わないつもりなのか。それを思うとサディスティックな気持ちが湧いてくる。

「な……」

「今日はできないよ」

トイレの隅にいつもは出してない、プラスチックの小さな蓋付きゴミ箱が出してあるのを思い出した。日奈の下腹に手のひらを密着させると、かすかな厚みがあるのがわかる。

日奈の腕をとってベッドの上に体を起こし、乱暴にこちらを向かせた。

「ほら、はやく」

日奈の髪の毛をつかみ、右手で無理矢理顎を下げ、口を開かせた。

日奈が苦しそうに目を閉じる。

いじめてるだけだ。

あのときの甲虫と同じだ。逃がしてやりたいと思いながら、弱っていく甲虫を指でいじくりまわした。動かなくなってしまった甲虫を庭の隅に埋めて一日ごとに土を掘り返した。どんなふうに変わっていくかを見たかった。

ある日、チョコレート色の甲虫に大量の蟻がたかっているのを見て、気持ち悪くなって庭の向こうに放り投げた。夕方になって家の外に出てみると、車か、自転車に轢かれたのか、それとも人に踏まれたのか、甲虫の欠片がばらばらに散らばっていた。

「宮澤に会いに行くんだろ」

日奈が俺を見上げた。その目の暗さにかっとなる。

「宮澤が忘れられないんだろあいつのほうがいいんだろ、おまえいつか言ってたよな俺みたいにあいつは乱暴じゃないって」

日奈がぎゅっと目を閉じる。けれどほんとうは耳を塞ぎたいんだろう、という気がした。

「おまえがつらいときにおまえを助けたのは俺なのに、なんだってあんな男がいいんだよ馬鹿かおまえ馬鹿か」

不安定なベッドの上で怒鳴る俺は滑稽だ。自分でわかってる。

「それでもあいつがいいのかよ。俺がどんな思いでおまえと、おまえと……。どいつもこいつもどいつもこいつもどいつもこいつもだ……」

息が荒いまま言った。

「おまえを捨ててやる」

日奈の眉毛が八の字になり、眉間に皺が寄り始めた。日奈は、真夜中のサバンナ、獲物を狙うハイエナの咆哮みたいな声で泣き始めた。

ドアを開けると、六畳にも満たない小さな会議室に重苦しい雰囲気が満ちていた。

「すみません」と言いながら空いている席に座った。

コの字形に並べた机のまわりに六人ほどの職員たちがいた。ホワイトボードのすぐそばに施設長、その両隣に新人の高島と畑中が座っている。畑中が腕を組み、俺のほうをちらりと見た。

高島が俯き、肩を落として、鼻をぐすぐすと言わせている。市内の医療介護専門学校を出たばかりの新人で、畑中とともにこの施設にやってきた。若いのに無駄口をたたくこともなく、言われたことはきちんと守る、まじめな子だった。マッシュルームカットに切りそろえた髪にきれいな天使の輪ができている。その艶が若さを感じさせた。

「ちゃんと話してくれないと……」

隣に座った施設長が高島の背中をさすりながら話を促した。

「夜勤のとき、河合さんに胸を触られてそれで」

そこまで言って、そばにあったティッシュペーパーの箱を引き寄せ、二回、ティッシュをつまみ上げると、大きな音を立てて洟をかんだ。皆が高島を見ていた。あぁ河合さんか……。七十代後半の利用者だが、前にも女性職員にしつこい嫌がらせをして問題になったことがあった。

「やめてくださいと伝えたら、畑中さんなら触らせてくれるのに、って。しつこく言われて」

五十代半ば、白髪交じりの髪を短く刈り込み、丸い眼鏡をかけた女性の施設長が大きく頷く。

「畑中さん、どうなの？」

畑中は施設長から目を逸らして黙っている。

「話せることだけでもいいのよ」

沈黙を破るように、施設長がやさしく問いかけた。

「……触られたって減るもんじゃないし」

機嫌を損ねた子どもみたいな口調で畑中が言う。

「前の施設だって日常茶飯事でしたよ。こんなふうに、おかたい会議開いて、対策は、なんて言うけど、エロじじぃの手癖が直ったことなんてないですよ。いやならいやって言えばいい。だけど、あたしは平気ですよ。この仕事してたら、そんなことのひとつやふたつ誰だってあるでしょ」

畑中の言葉に、柔和だった施設長の表情がどんどんかたくなる。しばらく泣きやんでいた高島が再び声をあげて泣き始める。会議室にいる皆が、高島と畑中と施設長を順操りに見ていた。

「……ハラスメントはね、絶対に許されないことなんですよ。犯罪になることもあるの。畑中さんの価値観で判断してしまったら、自分は気にしないからいい、ってことになっちゃうでしょ。これは職員全体の問題よ。だから、河合さんがなんでそんなことをするのかもちゃんと考えていかないといけない。孤立感を抱えているのかもしれないし……死ぬのが怖いとか、そういう気持ちが」「ただのエロじじぃっしょ」

施設長が言い終わらないうちに畑中が口を開いた。

「そういうふうに利用者を呼ぶのはやめなさい」

しばらくの間、黙っていた施設長はそれだけ言うと、左手の親指とひとさし指で眼鏡を持ち上げ、閉じた左右の瞼（まぶた）をゆっくり揉（も）み始めた。施設長は職員の意見をよく聞いてくれる。悪い人じゃない。けれど、立場上、どうしても言っていることが理想論になる。仕方のないことだが、それが職員との間に溝を作ってもいた。

「それから……介護の仕事をそんなふうにおとしめるような言い方をしてはだめです」

畑中を見据えて、施設長がさっきよりも低い声で言った。

「日を改めて、二人に個別に話を聞くわ。みんなは時間とらせてごめんね」

施設長は、ぱたんとファイルを閉じ、立ち上がった。皆がそれに続いた。

畑中だけが腕を組んだまま、テーブルの一点を凝視していた。

車のキーを差し込むと、助手席の窓のほうから、コツコツ、という音がした。

畑中が手を合わせて拝むように何か言っている。窓を開けると、

「すみません。バイク壊れちゃったみたいなんで、駅までいいですか?」

と顔を突っ込みながら怒鳴るように言った。嘘だろうと思ったけれど、それが本当かどうかなんてどうでもよかった。

まだ夕暮れには時間があるが、遊歩道を外れればもうすっかり暗い。転びそうになりながら畑中はヒールの靴で俺のあとについてきた。木の根が作り出すうねるような出っぱりをまたぎながら奥に進む。苔むした一本の太い木に畑中の体を押しつけた。

「外でしましょうか」

車のなかで言い出したのは畑中だ。それからここに到着するまで二人とも口をきかなかった。

Tシャツの下から手を入れ、ブラジャーの上からゴムまりのような胸を揉んだ。Tシャツに描かれたトゥイーティーの顔が歪む。

「子どもどこにいんの?」

「え?」

「産んだ子ども」

Tシャツをまくり上げ、ブラジャーをずらして乳頭を口にふくみ吸った。

「あっ……あ、元だんの……ぁ……とこだよ」

こんなに胸のでかい女とするのは初めてだった。手のひらに力を入れると、指の間の肉が盛り上がる。手を離しても肌に吸い寄せられるようで、エロじじぃが触りたくなる気持ちもわかる。

畑中が脱ぎ、放り投げた下着が、羊歯の葉の上でゆらゆらと揺れた。

「会ってないの？」耳たぶをくわえながら聞いた。

「会えないんだよあたしは。……いっしょにいても、いつもぶったたいてばかりで……あ」

畑中の指が俺のふくらみをさすった。

「もう、こんなに……あたしが全部吸いとってあげるね」

額に何か冷たいものが触れた気がして上を見た。雨だった。雨とは言えないくらいの小さな水滴がやわらかく降ってきた。畑中が背中を押しつけている木の、はるか上のほうで、一匹の蟬が鳴き始め、次第に耳をつんざくような大音量になった。蟬に負けないくらい畑中も声をあげる。

「すごい……いいね」

そう言って笑いかける畑中の舌を吸った。畑中の体を裏返し、Tシャツをまくり上げて、背中のくぼみを舌で辿る。薄い皮膚に歯を立てると、畑中の声がより大きくなった。

畑中とやったことが日奈と別れる原因になってほしかった。そう思い込みたかった。あいつが、宮澤が原因になるのだけはいやだった。俺の気持ちだって日奈じゃなく畑中にうつっているんだ。そう思い込もうとした。けれど、このあと、何回、畑中と寝たって、日奈ほど好きになることなんて、これから先、絶対にないんだ、という気がした。

畑中の声が大きくなる。蟬はまだ鳴き続けている。ふるふるとしたものをたたえた畑中のなかにいながら、日奈に最後にしてあげられることはなんだろう、とそんなことばかりをずっと考えていた。


鎌を手にして、伸び放題だった庭の草をざくざくと刈り進めながら、昨日のことを思い出していた。

日奈の家に置いてあった自分の荷物は昨日のうちに、全部、実家に運んだ。

「ただいま」

段ボール箱を抱えて家に入り、そう言うと、テレビの画面を凝視していた親父が俺の顔をじっと見つめた。表情はない。施設にいる老人たちの顔に近づいているように見えた。

おふくろは夜のパートで出かけていたから、ごはんを炊き、味噌汁を作り、スーパーで買

ったできあいの焼き鳥とポテトサラダを出した。親父はチンした焼き鳥を一口齧り、

「俺のほうがうまいな」と表情を変えずに言った。

「親父の焼き鳥、また食わしてくれよ」

そう言ったけれど、聞こえていないふりをしているのか、何も言わず、ずずずと音を立てて味噌汁をすすった。

伸びた草は電動草刈り機ではなく、ゆっくりと時間をかけて刈りたかった。

梅雨はもう明けたのか、真夏のような日差しがじりじりと背中に照りつける。頭に巻いたタオルがみるみる汗で濡れていく。縁側に置いたポカリスエットの残りを飲み干した。

刈った草を庭の隅にまとめると、小さな三つの山ができた。日奈が大事にしていた花壇の朝顔は、明日にでも開きそうな蕾をいくつかつけていた。ひっこぬいてやろうか、と思いながら、かたく閉じている赤紫の蕾をぎゅっとつまんだ。手を離すと、かすかに指が染まった。

傾いていた支柱を立て直し、こぼれ種から芽を出している双葉をまびいて、等間隔になるように植え直した。来年はもう、この庭の朝顔を見ることはないんだろうな、と思った。

昨夜の残り湯で汗を流し、冷蔵庫から缶ビールを出して、半分ほどを一気に飲んだ。

ふと、仏壇に飾ってある日奈の両親とじいちゃんの遺影が目にとまった。

交通事故で両親を亡くした日奈を、じいちゃんは男手ひとつで育てた。宮澤と別れたとき

と同じように、じいちゃんが死んだあとごはんが食べられなくなった日奈の面倒をみたのは俺だ。日奈が一時的にでも、俺に気持ちを向けたのは、好意からじゃない。俺がやったことに、何か、感謝の気持ちのようなものをあらわしたかっただけだ。たぶん、日奈が自分から生まれて初めて好きになったのは宮澤なんだ。俺が日奈に執着するように、日奈も宮澤に執着している。

　俺と日奈との間には、恋愛は発生しなかった。

　悲しいけれど、それがほんとのことだ。

「じいちゃん、日奈にひどいことして悪かったな」

　宮澤と日奈との出来事や、俺と日奈との一部始終を見ていたはずのじいちゃんの遺影は、何も言わずにただ笑っている。一本の線香に火をつけて、手を合わせた。

　ベッドのシーツを剝がし、洗濯したばかりのブルーのシーツを敷いた。手のひらで丹念に皺を伸ばす。庭から取り込んだばかりの夏用の掛け布団は、干し草のようなにおいがした。ゴミをまとめ、掃除機をかけ、台所の床と縁側をかたく絞った濡れぞうきんで拭いた。

　仕事を終えて深夜に帰ってくる日奈のために米を炊き、味噌汁を作り、焼き魚の皿にラップをかぶせて、味噌汁の鍋とともに冷蔵庫に入れた。紙袋から、色とりどりのゼリーを出し、それも冷蔵庫のなかにしまう。林檎、白桃、伊予柑（いよかん）、ピオーネ、チェリー。スーパーやコンビニに売っている安物のゼリーではなく、市内の洋菓子屋で買ったものだ。付箋に、「ゼリーは一日一個まで」と書いて、冷蔵庫の扉に貼り付けた。

居間をぐるりと見回す。茶色い茶簞笥、丸いちゃぶ台、小さな仏壇。昭和のどこかの時代で止まってしまったような部屋を。日奈だけがいない部屋を。

玄関の戸を閉め、錆び付いたポストのなかに合い鍵をしまった。

さっき刈ったばかりの草の山は、もう水分が抜け始め、しなしなとその勢いを失いつつあった。俺のなかにある日奈の記憶も、そんなふうに少しずつしおれていってくれることだけを祈った。


夏休みに入ったせいなのか、駅の構内はキャリーバッグをひく親子連れやカップルで珍しく人が多かった。改札口が見えるカフェのカウンター席で、俺はそんな人の流れを見るともなく見ていた。コーヒー一杯を時間をかけて飲み、飲み終わるとまた、新しいコーヒーを頼んだ。

日奈を最後に見ておきたかった。一晩悩んで、駅に行こうと思った。声はかけない。ただ、日奈の姿を目にとどめておきたかった。時間はわからなかったが、日奈と宮澤が駅で待ち合わせていることは、最後に盗み見たメールで知った。でもあのあと、予定が変わって今日じゃなくなったかもしれないし、宮澤が日奈の家に車で来るかもしれない。それでもよかった。一日中ここにいようと思った。

お昼近くなって、閑散としていた店内は次第に混んできた。

「すみませぇん、ここいいですか」

トレイを手にした、べたついた声の女が隣に座った。畑中だった。

「せんぱーい」

言うなり、俺の腕をつかみ、体を寄せてくる。どこよりも先に俺の腕に触れたのは胸だった。あれ以来、帰りがいっしょになれば、そのままホテルに行き、寝て、それぞれの家に帰る、という生活が続いていた。時間が合えば寝るだけの関係になっていた。

「先輩、誰か待ってる？」

首を横に振った。顔を見ると、いつもよりメイクが薄い。Tシャツにデニム、といったいつもの服装ではなく、シンプルな白いブラウスにタイトスカートをはいていた。

「どこか行くのか？」

そう聞くと、ホットドッグを口に入れたまま頷いた。唇の端についたケチャップを紙ナプキンで拭う。紙ナプキンが赤く染まった。

「子どもに」口のなかに入れたものを、コーヒーで飲み込む。

「会いに行かないといけなくて月いちで」

言い終わったあとにまた大きな口を開けて、ホットドッグにかぶりついた。

「そういう約束なんだけどあたしぜんぜん会いたくなくて」

口のなかのものを咀嚼しながら、もそもそとしゃべる。

「母性っちゅうものの欠片もなくて」

スティックシュガーの袋の片側を指で破り、中身全部をコーヒーカップに入れ、スプーンで乱暴にかき回した。

「だめなおんな」そう言いながら、コーヒーを一口飲む。

「先輩がこのあとあたしとやってくれるなら行くのやめよかな」

畑中は一人でしゃべり続けている。その声を聞きながら、目の前を通り過ぎる人の流れを目をこらして見ていた。エナメルバッグを斜めがけにした男子高校生の集団がのろのろと歩いていく。野球部だろうか、サッカー部だろうか、焦げたように日焼けをして、皆が皆、手にコンビニの白いビニール袋を持ち、棒アイスを口にくわえたり、ペットボトルのジュースを飲んだりしている。

「やりたいさかり」畑中がつぶやく。

それが畑中自身のことなのか、目の前の高校生のことなのか、考えているうちに目の端を見覚えのある水色のギンガムチェックが横切る。顔を向ける。日奈だ。ノースリーブのワンピースを着た日奈が左からゆっくり歩いてきた。目を逸らすことなく日奈を凝視した。

「先輩やりに行きましょうよぅ」

そう言いながら俺に体をくっつける。畑中の温かさが、冷房で冷えきっていた体に心地よかった。日奈が目の前を通り過ぎる。もちろん、俺のほうを見ようともしない。俺が朝からここにいることなど知らないのだから。背筋を伸ばし、頬はチークのせいでなくほんのりと桃色に染まっていた。そんな日奈の顔を見たのは初めてだった。あっという間に通り過ぎていった日奈の背中は、人混みに紛れて見えたり消えたりした。まるでおぼれかかっている人の姿が水面にあらわれたり消えたりするように。

さっきの高校生の集団が俺の視界を塞いで、それきり日奈の姿は見えなくなった。

ぐらぐらと視界が揺れて力が抜け頭が傾いた。畑中の肩に頭をもたせかける。ほかの客から見れば、人前でいちゃつく馬鹿なカップルにしか見えないだろう。涙が、畑中の着ているブラウスの肩を濡らした。畑中が俺の顔を見る。

「ねぇ、なんで泣いてるの？」ぎょっとした顔で言う。

「先輩、なんで泣いてんの？」畑中が俺の涙をぐいっと親指で拭った。

「……ま、いっかぁ。あたしとすればすっきりするよ」

そう言って俺の頭を撫で、自分の胸の前で抱え込んだ。まるでラグビーボールを抱えるみたいに。

でかい胸の上で俺の頭がバウンドするように揺れる。やわらかく、ふるふるしたものが詰まったその上で。

けれど、思うのだ。

やわらかく、ふるふるしたものが詰まっているのは女じゃなくて男のほうなんじゃないかと。

店の外からぎゃーぎゃーと騒がしい声がした。顔を上げると、男子高校生たちが俺と畑中を指さして何か叫んでる。泣きながら女の胸に顔を埋める情けない男を笑ってる。俺を笑ってるあいつらのなかにだって、ゼリーみたいなふるふるしたものが詰まってる。女に握りつぶされる前に早く気づけよ童貞。

そう思いながらブラウスの上から畑中の胸を噛んだ。畑中が上を向き声をあげる。笑っている高校生たちの顔が一瞬真顔になって、ざまあみろ、とちょっとだけ思った。

水曜の夜のサバラン

首のにぶい痛みで目が覚めた。

腕まくらは嫌いだ。シングルベッドに二人で寝るのも。

目を開けると、まばらにひげの伸びた顎が見えた。

違う男だったらどうしよう、と思ったけれど、頭を上げると、先輩の顔だったので、ほっとした。寝る前に飲んだお酒のせいか、こめかみが重い。今日は私のほうが早番なので、先輩を起こさないように、ベッドからそっと抜け出す。キッチンに行き、コーヒーメーカーでコーヒーの用意をした。そっと洗面所のドアを開け、顔を洗う。タオルで顔を拭きながら、キッチンに戻り、マグカップにコーヒーを注ぐ。ベッドに寝ている先輩を見ながら、コーヒーを飲んだ。起きる気配はまったくない。

この町に来て、先輩で何人目だっけ。

三人目までは覚えているけれど、そのあとが曖昧だ。

カーテンを少しだけ開けて、天気を確かめる。曇り空だけれど、雨はまだ降っていない。

遠くに小さく富士山が見える。引っ越したばかりの頃は、目にするたびに、おっ、と思っていた富士山も、今では、私の心のなかにさざ波すら起こすことはない。

生まれた町の隣の市、隣の市、と転がるように移動して、今はこの町にいる。私が生まれた町からは山並みに隠れて富士山が見えなかった。同じ県内でも、県境に近い私の生まれた町と、東京にほど近いこの町は、端っこと端っこに位置している。だから、特急電車で移動しても軽く二時間はかかる。

どんな町で暮らしても、自分を知っている人が少しずつ増えていくと、どこか違う場所で暮らしたくなる。たいていは、男のせいだ。飲み屋やバーに行って、出会った男と寝る。あまり飲めない酒の勢いを借りても、そうしないと眠れない夜が私にはあるのだ。そのとき、ほんの一瞬でも気に入った男なら、誰でもよかった。

一回か、多くても、二回寝れば気がすんでしまう。向こうだって、私と同じ気持ちなのだから、それでいいのだ。時々、勘違いして、私と本気でつきあおうとする人がいるけれど、私の下半身のだらしなさを知れば、ほとんどの男は自然にいなくなった。基本的には職場の男とは寝ないと決めていた。やっかいなことになりやすいからだ。

けれど、先輩を見たときから、私はこの人と寝たいと思った。それでも、こんなふうになってしまったのは、予想外だった。つまり、やけに、なつかれてしまっていることが。自分にも責任がある。弁当を作って渡したりしたのは、この町に来たばかりの頃で、私も気弱になっていたのかもしれない。男と寝るのはたいてい、ホテルだったのに、先輩は家に来たがった。そんな先輩を、私もなぜだか部屋に入れてしまった。近頃では、私のアパートで料理を作ったりする。部屋が散らかっていれば、勝手に掃除機もかけて掃除をする。ぐいぐいと、私の領域に侵入してくる。そんな男に会ったことがなかった。これ以上、近づいてきたら、私はもう、この町から出て行くことを考え始めるんじゃないか。そんな気がしていた。

小さく口を開けて眠りこける先輩を見ながらコーヒーを飲み干し、マグカップをシンクに置いた。

夕方には降り出すかもしれないな、と思いながら、それでもバイクで行くことにした。

水分をたっぷり含んだような空気のなかを走り出す。

どの町に来ても、私がすることは変わらない。

老人たちの世話だ。食事、排泄、入浴の世話。老人たちを世話する。介護士。それが私の仕事。信号待ち。いつもの保育園の前で一時停止。

「おはよーございまーす」という、やたらに元気な保育士の声が聞こえる。

私とそれほど年齢の変わらなそうな母親が、鉄門を乱暴に閉めた。俯き加減、険しい顔のその人を見て、私もあんな顔をしていたのかもしれないな、と思う。保育園を出たら、もうその瞬間から、子どものことなど忘れていた。仕事のこと、資格を取るための勉強のこと、夕食のこと、そして、日々募っていく旦那への憎しみ。私には考えることも、したいことも多すぎた。

信号が青に変わる。職場に続く、いつもの道だけれど、ふいに不思議な気持ちになることがある。生まれた場所から遠く離れて、なんで私はここにいるんだろう。産んだ子どもからも遠く離れて、どうして私はここで暮らしているんだろう、と。

皺だらけの口にスプーンで食事を運ぶ。ブレンダーでどろどろにしてとろみをつけた食事だ。口の端からあふれたものをガーゼで拭う。自分の子どもには、離乳食など、満足にあげたことはなかったのに、今はこうして、死に近い人の口に、明日生きるための食事を運んでいる。

しくじった、と思った頃にはもう遅かった。堕ろすには遅すぎた。

十四歳で男と初めて寝たときから、一度も妊娠したことはなかった。注意深く、避妊をしていたわけじゃない。いつも男まかせだった。けれど、妊娠しないのだから、そう簡単には妊娠しないものなのだ、と高をくくっていた。同時期に、二人、三人とつきあうのは当たり前のことだったし、同時に二人、三人としたこともある。

けれど、妊娠したかもしれない時期には、不思議なもので、その男としかつきあっていなかった。二十一歳だった。高校にいる間も、卒業してからも、自分が将来、何をして食べていくのかなど考えたことはなかった。家のなかでは、おかあさんだけが忙しく働いて家計を支えていた。気が向くと、おかあさんにバイト代を渡した。友人だったのか、親戚のおばさ

んだったのか、誰だったのかもう忘れてしまったが、毎日、男と遊ぶことしか頭になかった私に、

「介護士になれば一生食べられる」とつぶやいた人がいた。

同級生たちのように、水商売や風俗で金を稼ぐことには抵抗があった。いつかそれでは食べていけなくなるだろう、と彼女たちを見て漠然と思っていた。昼も夜も、働き続けているのに、それでも生活が楽になっていないおかあさんを見て、それがそのまま自分の将来になるのが、怖くなることもあった。

バイトをしながらお金を貯め、介護士になるための専門学校に通おうとしていた。

そんなときに妊娠したのだった。三歳年上の男は中学を出て、内装業者の下請け会社で働いていた。男は結婚しようと私に言った。簡単にそう言ったのは、二人で生活することの難しさや、子育ての煩わしさ、責任などが、彼の頭になかったからだろう。親たちは困惑しながらも、二人が結婚することに反対しなかった。一人、気持ちがすすまなかったのは私だ。自分は学校に行き、介護士になるのだ。なりたかったのは母親じゃない。結婚する気もなかった。けれど、一人で子どもを産んで、どうやって生きていくのか、その方法がわからなかった。おとうさんは泣き笑いのような表情を浮かべ、おかあさんは一度だけ、私の頬を叩いた。

二十二歳で子どもを産んだ。私を労るためでなく、おもしろ半分で、病室にやってきた友人たちは、

「畑中ぁ、失敗したねぇ……生き急いじゃってぇ」と言いながら、カラフルな爪で生まれての赤ん坊の頬をつついた。長い爪の先が、やわらかな頬にかすかにめり込む。初めての出産でぐったりしていた私には、やめて、と言う気力すら残っていなかった。

二人の実家からそう離れていない小さなアパートで、おままごとみたいな暮らしが始まった。

「何かあったらすぐに連絡するのよ」

双方の親たちはそうは言ったものの、自分たちの生活にかかりきりだった。若い夫婦を手伝ったり、気遣ったりする、精神的、経済的な余裕もなかった。もちろん、旦那にも。昼間にめいっぱい、体を使って仕事をしているから、夜に私の作った粗末な料理をビールで流し込むと、すぐに眠ってしまい、朝まで起きない。

「行ってきまちゅからねー」

毎朝、玄関で、私に抱っこされた子どもに向かってそう言うこと。それが旦那が、唯一、子育てにかかわる時間だった。

子どもが泣きやまなければ、私も大声で泣き、子どもが昼寝をすれば、おむつを替えるの

も忘れて、いっしょに眠りこけ、子どもはおしりを赤く腫らした。熱すぎるミルクを与え、熱すぎる風呂に入れれば、子どもは火がついたように泣きわめいたが、その理由がなんなのか、そのときの自分にはわからなかった。

夏に子どもを産んで、一息ついたのは、翌年四月の保育園入園で、近くの病院にパートの介助員として勤め始めることになった。実務経験をつんで、国家試験を受けるつもりでいた。子どもが寝てしまえば、夜には楽に勉強の時間はとれるはずだと思っていた。昼間、子どもと離れていられる時間はうれしかったけれど、夕方になって、また、子どもに会うのかと思うと、気持ちは暗く沈んだ。そんな気持ちが伝わってしまうのか、保育士さんに抱かれている子どもを私が抱こうとすると、サイレンみたいな不快な声で泣きわめくのだった。

最初は冗談みたいに、軽くつねる程度だった。

泣きやまないとき、ふわりと手のひらで口を塞いだりした。

それが明らかに暴力になったのは、子どもが一歳になった頃だ。

つかまり立ちをして、棚のなかの本を床に落とす。大事な教科書を破る。そんなことを子どもがするたびに、叩いた。旦那の前ではしなかった。自分でも罪の意識があったからだ。勉強が進まないいらだちもあった。国家試験が、と口にするたび、旦那は口を歪め、私をいじわるそうな目で見た。そんな視線を受けるたび、私は子どもを叩いた。もうその頃には、習慣になっていた。笑いかけるよりも、叩くことが日常になっていた。

やかんがしゅーしゅーと音を立てていた。

眠気ざましのコーヒーのためのお湯を沸かしていた。慌てて、ガスの火を消す。その前の日から、子どもは熱を出していた。熱を出せば、保育園には預けられない。欠勤が続けば、先輩たちに嫌みを言われる。ずっと子どもを抱いたままだった。うとうとした子どもを布団に寝かせ、勉強を始めようとすると、耳を塞ぎたくなるような声で泣きわめく。夫は何も知らずに布団で眠りこけていた。そばでいくら、子どもが泣いていようと、深く眠れる人だった。それが憎かった。子どもが生まれてから、旦那の半分も寝ていないだろう、という気がした。トイレに行きたくて、子どもを床に座らせる。子どもは私に向かって腕を伸ばし、わけのわからぬ言葉を吐いて、ぽろぽろと涙をこぼす。真夜中だ。アパートの隣の部屋の住人が壁を叩く。毎日何をしているのかわからない、やけに太った、にきびだらけの男だ。廊下で顔を合わせると、気持ちの悪い目で私の胸をじっと見た。

どん、と再び音がした。その瞬間、子どもを突き飛ばしていた。ごん、と後頭部を床に打ち付ける音がして、さっきよりも、ひどい声で泣き出した。どん、どん、と連続して壁を叩く音。私はキッチンに向かっていた。おい、と声がして、気づいた。旦那がお化けでも見るような顔で、やかんを手にした私を見ていた。

結婚までの時間も早かったが、離婚までの時間も早かった。

友人たちが言った、生き急いでいる、という言葉どおりなのかもしれなかった。

離婚直後、親権を取ったものの、一人では育てられないから、と旦那は子どもを乳児院に預けた。けれど、子どもと離れている間に、旦那に、父親としての自覚が、突如として生まれたのかもしれなかった。

三歳になったとき、子どもを手元に連れ戻した。親として、そんな愛情があるのなら、なんで、もっと早くに、と思わないこともなかったけれど、私にそんなことを言う権利はない。旦那は実家に戻り、旦那の母の手を借りながら、子どもを育てていた。

離婚したあと、私は、生まれた町を離れ、介護士になった。どこに住んでも食べていける、と思うことが、私を自由にさせた。けれど、そんな浮（うわ）ついた気持ちを引き戻すように、どこに住んでいても旦那から手紙が来た。月に一度、子どもに会うように。白い便箋に日時だけが書かれていた。

その子どもが今、目の前にいる。

五歳の男の子。郊外にあるファミレスで、元旦那は車から私と子どもを降ろすと、一時間後に迎えに来るから、と、車が一台も停まっていない駐車場をぐるりと回って、どこかに走り去って行った。

ふー、とため息をついて、店のほうに歩いて行くと、子どもが私のあとを追いかけてくる。

「喫煙席、二人」

大きなメニューを抱えてきたウエイトレスにそう言って、私は後ろを見ずに店内を進む。どさりとソファに腰を下ろすと、向かいの席に子どもがよじ登って座る。白い灰皿を引き寄せ、煙草に火をつける。そんな私を子どもはただ黙って見ている。

「お子様ランチとクリームソーダ。それにコーヒー」

やってきたウエイトレスにそう言って、持ってきた紙袋をテーブルに載せる。

子どもは、いいの？　と上目遣いで見るけれど、私は目を逸らす。子どもはおずおずと手を伸ばし、紙袋のなかのものを引っ張り出す。戦隊もののおもちゃ。とはいえ、それは、駅で会ったときに元旦那が私に手渡してくれたものだ。子どもが何を欲しがっているのかなど、私にはわからないからだ。元旦那経由で私が手渡したおもちゃを手にして、子どもの顔が輝く。私はまた、目を逸らして、黒い色がついただけのコーヒーを飲む。

子どもに対して罪の意識なんかない。私のところに生まれてきてしまったことが間違いだ。私はどこかが決定的に欠けている人間で、子どもを持ったことがそもそも間違いだった。

子どもはやってきたお子様ランチを食べ、クリームソーダを飲む。

それが世界で一番のごちそうみたいに。

私と子どもは言葉を交わさない。子どもは恥ずかしそうに私の顔を見ては、かすかに笑いかける。私はそれを無視して、煙草を吸い続け、コーヒーのおかわりを頼み、片手で携帯をいじり続ける。時間が過ぎていくのは驚くほどゆっくりだ。あと十分すれば、元旦那がここに迎えに来る。額にかすかに浮かび始めた汗を、私は手の甲で拭う。

元旦那（とその母）が子どもをきちんと育ててくれていることは、見ればわかる。着ている洋服も清潔だし、髪も、爪も伸びていない。むちっとした頰や腕には痣やケガのあともない。健（すこ）やかに育つこの子の記憶のどこかに残っていなければいいと思う。私に叩かれたあの頃のことが。

背中から元旦那の声がする。子どもも私もほっとした顔で彼を見上げる。

「バイバイは？」

真昼の駐車場で、そう促され、子どもは元旦那の体に隠れながら、疲れた顔で手を振る。バイバイ。じゃあね。私の声を聞いて、子どもの顔が歪む。まるで目がかゆいみたいに、手のひらでめちゃくちゃに擦（こす）る。

私の体の上にいる先輩の汗を手のひらで拭う。

目をぱちりと見開いてその顔を見る。先輩は目をぎゅっと閉じ、眉間に皺を寄せている。

定規で線を引くようなセックスだ。それはそれで嫌いじゃないけれど。いっちゃうかも、と、先輩が途切れ途切れの声で言う。好き、と譫言のようにつぶやいて、私の肩の上に顔を埋める。先輩はすぐに好き、と言う。私の顔を見れば、好き、とつぶやく。それを聞くたびに、心のなかで笑ってしまう。好き？　だから？　真顔でそう言い返したら、先輩はどんな顔をするだろう。

好きとか、恋とか、愛とか、先輩はそんなふわふわした、不確実なものを信じているんだろうか。好き、よりも、セックスのほうがはっきりしている。気持ちのいいセックス、それが正解だもの。だから、私はセックスのほうが好き。

果てた先輩が私の体の上で荒い息をしている。髪の毛のなかに手を入れると、汗でじっとりと濡れている。けものじみた体臭が立ち上ってくる。

「気持ちよかった？」

そう聞くと、こくりと頭を振る。

素直でかわいい人なのだと思う。先輩、とはいえ、実際のところ、年下の男だ。

先輩のことは好きかどうかよくわからないけれど、セックスをしたあとに、二人で天井を見ながら、ぽつりぽつりと小さな声で自分のことを話すのは好きだ。たぶん、それは、セックスをしたあとでないと生まれない二人の間の親密な空気なのだ。そんなとき、先輩は腕を差し出す。嫌いな腕まくらだが、仕方がない。

「おとうさんね、いつも甘い、いい香りがしたよ」

私の家は、その町にただひとつあるケーキ屋だった。

日本の田舎のケーキ屋によくある、パサパサのスポンジケーキにバタークリームをべったり塗りつけたケーキではない。クリームも、バニラビーンズも、ブランデーも、高価で一流のものを使っている。それがおとうさんのプライドだった。けれど、そんなケーキが片田舎で飛ぶように売れるわけがない。私が学校から帰ると、おとうさんは売れ残ったケーキの並んだショーケースに体を隠すように椅子に座り、人通りのほとんどない通りをぼんやりと眺めていた。

おとうさんから甘い香りではなく、お酒のにおいがするようになったのは、いつからだろう。

「おとうさんのケーキじゃ食べていけないから、おかあさんが働きに出るようになったのね」

そう言うと、先輩が体を震わせるようにして声を出さずに笑った。

「うちと同じだ」

「そうなの」

「うん。親父の居酒屋うまくいかなくて、樹海で首つったんだ。失敗したけどな」

そんな話、いつか先輩から聞いたような気がしたけれど、すっかり忘れていた。

「先輩のおとうさん、元気にしてるの？」

「家でごろごろしてるよ今は。おふくろだけが働いて」

「うちと同じだ」

うん、と子どもみたいに先輩が返事をした。

「おとうさん暇だからさ、いっつもお酒飲むようになっちゃってね。おかあさんが家のなかにあるお酒全部隠したのに、ケーキ作るときに使う、ブランデーとか、ラムとか、いろんなリキュールとかもね、そういうのも全部飲んじゃって」

なんだか話しているうちにおかしくなってしまい、今度は私のほうがくすくすと笑い出してしまった。でも怖かったのはね。

「あたしが中学に入る頃になると、おかあさん、夜も働き出して」

うん、と先輩が声も出さずに頷いたのがわかった。暗闇のなかで。

「水曜日は特に遅かったのね、おかあさんの帰りが。夜中までパートを掛け持ちしてたから。そんなとき、おとうさんが、すごく変な目であたしを見るようになってね。中学に入ったら、めきめき、おっぱいがでっかくなったからねあたし。それが怖くて、家にいるのが怖くなって。一人で公園とかにいたの」

水曜の夜は嫌いだった。いつも一人だったから。

「だけどね、それも退屈で、すぐに友だちと遊ぶようになっちゃった」

「それでぐれたのか。パターンだな」

先輩、でも、友だちと遊んでいたって一人だったよあたし。伝わりづらいことや、聞き返されたら面倒なことは言葉にしないで、心のなかでつぶやいた。

「でも、一回ぐらい触らせてあげてもよかったと思うよ。おとうさんとは血がつながってないんだし」

「そうなの？」

「うん。おかあさんと再婚したんだもん」

「血がつながってなくてもだめだろ」

ごろりと先輩がこちらに体を向けて私の顔を見る。だけど。こんな私でも、ほんとうのことを言うにはまだ勇気が必要だった。

「うん」

先輩の胸で目をぱちぱちすると、睫(まつげ)が触れるのか、くすぐったそうな声をあげた。

「不幸になってく家のパターンってどっか似てるな。なんでかな」

「幸福のほうがバリエーションがあるんだよ。不幸より。そこでも負けるんだね。なんかくやしいね」そう言いながら、先輩の乳首をちゅうちゅうと吸ってみると、さっきよりもくすぐったそうな声がすぐに甘い声に変わった。

夜勤の時間が好きだ。昼よりも夜に働くほうが好きなのだ。

けれど、私とペアを組む人はなんだかいやそうだ。今日の高島さんもそうだ。同じテーブルに向かい合って座っているのに、私と不自然に目を合わせようとしない。

私と同じ時期にこの施設にやってきた子だが、来て早々、私はこの子のせいで、会議で槍玉にあげられたのだった。畑中さんが利用者さんにおっぱいを触らせているから、私もそれを強要される、と。この子、処女なんじゃないだろうか、とそのときも思ったけれど、たぶん、今もそうなんだろう。

仕事中でも、会議中でも、何かトラブルがあったときには、いかに自分が正しいか、口をとがらせて主張する。正しさで底上げされた頑なさに、まわりが気を遣う。けれど、自分の存在がそんな事態を引き起こしていることに気づかないのが、高島さんの鈍感さの証だ。

「……高島さんってさぁ、彼氏いるの？」

顔を上げて、私が投げかけた質問を、高島さんは無視する。私はまるで高島さんの前にいないみたいだ。重くなり始めた二人の間の沈黙を裂くように、ナースコールが響く。夜中になると頻繁にコールを鳴らす川端（かわばた）さんというおばあさんの部屋だ。腰を上げた私を手で制して、高島さんが立ち上がり、部屋を出て行った。

ある時期が来ると私が違う町に引っ越すのは、男のせいだけじゃない。仕事場にいられなくなるからだ。この前のミーティングでも、もう、その気配があった。自分の体を触らせているわけじゃない。利用者が触れてくるのだ。男性だけじゃない。女性もだ。皆、私の大きな胸に触れたがる。誘蛾灯（ゆうがとう）に誘われる蛾のように、皺だらけの手を私の胸に伸ばすのだ。

どうして、その手を払うことができるだろう？

「見回り行ってきます」

戻ってきた高島さんにそう言っても、高島さんは私を無視したままだ。

夜明けが近くなると、もう眠れなくなってしまった人たちが、ゾンビのように廊下を歩き出すことがある。ベッドの上にいられないんだろう。天井だけを見ていることがつらいのだ。目が冴えて、今まで生きてきたいろんな記憶とか、喜びとか、後悔とか、そんなものが波のように押し寄せてくるのは、さぞかしつらいことだろう、とも思う。

荒井（あらい）さんというおばあさんが廊下を歩いている。そっと声をかけて、手を握ると、力強く握り返してくる。居室に戻り、ベッドに寝かせ、布団をかけるが、私の手を放さない。

荒井さんの頭を撫でながら、腕をとんとん、と叩いた。荒井さんの腕が伸びて、私の胸に触れる。

「かあさん……」そう言いながら、荒井さんは目をゆっくりと閉じた。

そう呼ばれる資格など、私にはないのに。

目の前の荒井さんは、老女ではなく、子どものような顔で、静かに寝息を立て始めた。自分が産んだ子どもにはやさしくできなかったのに、日に日に死に近づいていく人たちには、どうしてそんなにやさしくできるのか。それが自分でも不可解だった。

荒井さんの目の端から、涙がゆっくりと落ちていき、シーツに丸いしみを作った。

「ここに座って。コーヒー淹れるから」

そう言って、先輩は広げた折り畳み椅子を指さした。

私と先輩の休みが合うことはあまりなかったが（意識的に私が合わせなかった）、たまたま休みが重なってしまったときは、私を山のなかや湖に連れ出した。どの町で暮らしても、観光名所には興味はない。仕事場とアパートと、スーパーと、飲み屋くらいにしか興味はなかった。

平日のせいか、湖にはほとんど人がいない。もうすっかり見ることにも飽きてしまった富士山はすぐそこにあって、やっぱり私の気持ちをぴくり、とも動かさない。

遠くのほうに赤いレスキュージャケットを着た人を乗せたカヌーが見えた。カヌーは、ほとんど波のない鏡のような湖の上をゆっくりと進んでいく。

「あれがなんだかちょっと気に入らない。我が物顔で」

カヌーを指さしながらそう言うと、先輩は、

「いいじゃねえか。心が狭いな」

と笑いながら、タッパーを私に差し出した。おにぎりや、卵焼きやタコのカタチにしたウインナーが詰められている。今まで私が先輩に食べ物を作ったのは、先輩としたくて、差し出したお弁当だけだったな。冷凍食品だらけのお弁当。そう思いながら、手にしたおにぎりを囓る。

「先輩、前の彼女とこういうとこ来たんでしょ、よく。介護士の彼女と。お弁当持って」

この季節にしては急に冷たい風が吹いて、先輩が貸してくれた膝の上のブランケットを引き上げた。

「あたし連れてきて、思い出に上書きしたいんでしょ」

先輩は何も言わず、ガソリンストーブの火を調節している。

「上書きしないで、そのままにしとけばいいのに」

そう言いながら、なぜだか、子どもを叩いていたときのことを思い出していた。無抵抗な者をいじめている気になったからだろうか。

「その人のこと、まだ好きなの？」

先輩は何も言わない。

「先輩のおとうさんが首つったとこ、見に行く？」

「やだよ。なんでよ」

そう言いながら、先輩が小さく笑ったので、なぜだか安心した気持ちになった。

「……次に子どもに会うのいつ？」

しばらく黙っていた先輩がその質問を私に投げたとき、私はもうはるか遠くにあるカヌーを見ながら、転覆しろ、転覆しろ、と心のなかで願っていた。けれど、カヌーをひっくり返すほどの風なんて今日はちっとも吹かない。

「……なんで、そんなこと聞くの？」

「畑中の子どもに、会ってみたいから」

「興味本位でしょ」

「……半分は、ね」

「ほんとに馬鹿だね先輩は」

うっせ、と言いながら、照れたように、先輩は小石を湖面に投げた。何重もの輪が湖面に広がっていく。

その輪を見ながら、なんとなく、介護士だというその元彼女が、先輩から離れたくなった気持ちがわかるような気がした。先輩の、こんなふうな急速な距離の縮め方が、怖くなったんじゃないだろうか。

私のアパートでごはんを作りたい、という先輩の申し出に異議を唱えて、ショッピングモールでごはんを食べようということになった。先輩はぶつぶつ言いながら、それでも、私の希望を叶(かな)えてくれた。レストランが並ぶフロアを歩いて行こうとすると、先輩が私の手をとる。二人で歩いているときはいつも手をつなごうとする。恋人と手をつないでいる、というより、子どもとはぐれないように手をつないでいるような気持ちになる。

「何が食べたい？」

そう言った先輩の足と視線が止まった。先輩の顔を見上げ、その視線の先を私も見つめた。女の人だ。あぁ、元の彼女かも、と思ったのは、はおったブルゾンの下に、どこかの施設の制服らしき紺色のポロシャツが見えたからだ。ネームプレートは、胸のポケットに突っ込まれている。ベージュのコットンパンツに、足元はスニーカー。髪の毛を後ろにひとつにまとめて、化粧っけがなくて。あんな地味な感じ、薄い存在感。介護士以外の何者でもない。

スタバのコーヒーを手にして、こちらに気づくこともなく、フードコートに向かって早足で歩いて行った。ふうん、と私は思う。

「先輩」

私の声に、はっとした顔をして、視線を下げ、私の顔を見た。

「ちゅーしてくれない？」

わざとらしく唇を突き出すと、おざなりな感じで、先輩のかさかさに乾いた唇が私の唇に一瞬だけ触れた。

「きっちり、きっちり、なんていかないいんじゃない。それに、そんなふうにする必要もないと思いますよ」

「え……」

「前の恋愛が終わったから、次の恋愛、なんて、そんな、おもちゃの線路をつなげるみたいに、きっちりとはいかない、って意味。彼女のこと、好きなら好きなままでいいじゃないですか」

そう言いながら、胸を先輩の腕にこすりつけた。

私が次の彼女ってわけでもないし。私はいつかこの町から出て行くつもりだし。

そう考えながらも、自分の胸のなかでちりちりと生まれてくるものはなんなんだろう、と、その正体がわからないふりをして、私は先輩にわざとらしく甘え、その腕にぶら下がったのだった。


「ここが親父の店だったんだ」

薄汚れたグレイのシャッターを、先輩はこぶしで叩いた。

にぶい音がして、シャッターがたわむ。表面に赤いスプレーで書かれた意味不明の、数字やアルファベットの羅列が、この通りのすさみ具合をあらわしているような気がした。まだ、午後八時前だというのに、シャッターを下ろしている店が多い。外灯も暗く、人通りもまばらだ。さっきまでいたモールの白っぽい明るさとは対照的だった。けれども、なぜだか、この場所のほうが、私には、深く息ができるような気がした。

モールでよくわからないタコライスのようなものを食べ、先輩と私は駅前にあるチェーンの激安居酒屋で、しこたま酒を飲んだ。いくら飲んでも酔わない、と、追加し続け、気がついたときには、目の前には空(から)のビールジョッキがいくつも並んでいた。先輩も私も酒には強くない。二人ともまっすぐ歩いているようでいて、ゆるやかに蛇行していた。

酔った先輩が無理矢理、シャッターを開けようとしているが、もちろんシャッターが上がっていく気配はない。

「いつか誰かの店になるんだろうけど」

そう言いながら、今度はまるでいとおしいものを撫でるように、シャッターの表面を擦り、手のひらを見てぎょっとした顔をした。指の先が真っ黒になっている。

「俺の親父も、畑中の親父も、逃げ切れなかったんだ」

そう言って、さっきコンビニで買った煙草の透明なパッケージを開けた。急に吸いたくなっちゃった、と言って、先輩が買った。先輩が煙草を吸っているところを見たことがない。煙草が切れていた私も一本もらい、先輩のライターで火をつけた。軽くない煙草の煙を深く吸い込むと、頭がくらくらした。

「二人で店やらない？　ここで」

「やらない。やるわけない」

笑ってそう言いながら、タンクトップの上に着ていたシャツを脱いだ。酔いのせいか暑くてたまらなかった。黙ったままの先輩の視線が私の胸の谷間を辿る。

「……親父たちはまだ夢見られたよな、ぎりぎり。俺たちには、それすら許されない。失敗したら絶対に浮き上がれない。そういうめぐりあわせで生まれてきたんだ」

そう言いながら、火のついた煙草をシャッターに押しつけた。煙草の先端のオレンジ色の火の玉がつぶれる。男の人の、こういう話、嫌い。

「そんなこと考えたこともない。先輩、そんなこと考えながら仕事してんの？　意外に性格、暗いね」

けらけら笑うと、先輩がちょっと怒ったような顔をした。

「あたし、大学に行きたいんですよ。だから、すっごい貯金してんですよ。生活、切り詰めてるの先輩も知ってるでしょ。服も化粧品も買ってないし。社会福祉士になりたいから。先輩、一生、介護士でいいんすか？　こき使われて給料安いのに」

一生、一人で生きていけるように。誰にも頼らずに生きていけるように。

心のなかでつぶやく。

つるつるとしゃべる私の顔を先輩がじっと見ている。

「そうだった」

「え？」

「夢なんかすっかり忘れてたわ……」

馬鹿だなぁ、そう言う私に先輩はくちづけをしたのだった。深い、長い、くちづけだ。男がこういうくちづけをし始めたら、ちょっとまずい。私はどうやって、この人から、この町から抜け出せるかを、その夜から割と本気で考え始めたのだと思う。

その指の熱さをまだ覚えている。

誰にも話したことはない。

おかあさんが夜も働き始めて、おとうさんとの長い夜が続いていた頃。お風呂から上がると、そこにどろどろに酔ったおとうさんが立っていた。生ぐさい、お酒のにおい。バスタオル一枚を体に巻き付けた私をおとうさんは濁った目で見ていた。実を言えばその頃、まだセックスの経験はなかったけれど、同級生の男の子たちに胸を触らせたことがあった。かっこつけてばかりの男の子たちが、おっぱいに触れると、皆、子どもみたいになるのがおもしろかった。

「おとうさん、いいよ、触りたいんでしょ。だけどさ、あのね、交換条件。おっぱい触らせたら、あたしが好きなサバラン、もう一度作ってくれる?」

そう言いながら、バスタオルを床に落とした。おとうさんの右のひとさし指がそろそろと近づいてきて、私の乳頭の先に触れ、手のひらが乳房全体を包んだ。左手も伸びてきて、同じようにした。ただ指が熱かったことだけを覚えている。おとうさんは何度か私の胸を揉むと、

「……すまなかった」とだけ言って、暗い廊下へ出て行った。

その夜からあとは、おとうさんが私を変な目で見たことはない。その代わり、私を無視し

続けた。まるで家のなかに私がいないみたいに。あの夜の約束も覚えていないみたいだった。仕方がないか、お酒ばっかり飲んでるし。そう自分を納得させてきた。

子どもを産んで、授乳しているときは、大きかった私の胸がさらに膨れた。青い血管を浮き上がらせて、白い母乳を滴らせた。自分の体の一部じゃないみたいだった。子どもは、少しずつしか、母乳を飲むことができなかった。口を離すと、勢いよく噴き出した母乳がシャワーのように子どもの顔を濡らした。小さく生まれた子どもは、母乳を飲んでいると、すぐに疲れて寝てしまう。うとうとしているから、布団に寝かせようとすると、また、すぐに目を覚ます。舌打ちをして、しばらく放ったままにしておくと、どんどん泣き声は大きくなった。抱き上げると、細い指で私の乳房をつかんだ。赤ん坊のくせに、その力の強さが憎らしかった。そして、その熱さは、おとうさんの指を思い出させた。

子どもが生まれて初めての冬、年末だったと思う。

旦那は職場の飲み会でいつまで経っても帰ってこなかった。風の強い日で、どこにも隙間はないはずなのに、窓の外から不気味な音が聞こえてきた。ドアの外で何か音がしたような気がした。風の音じゃない。野良猫や野良犬が時々やってくるから、その音だと思った。ドアノブをいじるような音も聞こえたような気がした。子どもは珍しくすやすやと眠っていた。強盗とか、悪い人だったらどうしようと思いながら、心臓がどきどきした。しばらくすると、ドアの外の音が聞こえなくなったので、足音をしのばせて、玄関に近づき、そっとドアを開けた。

誰もいない。風に吹き飛ばされたのか、赤い灯油のプラスチックケースが遠くに転がっていた。ドアを閉めようとすると、がさっ、と何かが揺れる音がして、目をやると、ドアノブに白いビニール袋が下がっていた。なんだろう、気持ちが悪い、と思いながら、ドアノブから袋を外し、ドアを閉めた。

袋のなかに入っていた小さな白い箱を開けると、ぷん、とラム酒の香りがした。不格好なサバランがふたつ入っていた。そのひとつを手に取って、玄関に立ったまま齧った。子どもの頃食べたサバランとは大違いだった。表面にくるりと絞られた生クリームもなんだかなまぐさいし、あんずジャムの味も変だ。シロップに浸しすぎたせいか、齧ったそばから、ぼそぼそと崩れていく。多すぎるラム酒のせいで、まるでお酒を飲んだみたいに、あたたかいものが、胃のなかに滑り落ちていった。

齧りかけのサバランと無傷のもう一個を私は冷蔵庫のなかにしまった。鼻の頭についたクリームをひとさし指で拭い、舌で舐めながら、このサバランは、おとうさんが最後に作ったケーキになるかもしれないと、ぼんやりそう思っていた。

その人をもう一度見かけたのは、駅にあるコーヒースタンドだった。

梅雨が明けたばかりの夜勤明けの午前中、私は駅前の銀行や郵便局で用事を済ませたあと、何をするでもなく、構内を行き交う人たちをぼんやりと見ながら、コーヒーを飲んでいた。

私の手には、皺だらけの封筒があった。アパートのポストでその手紙を見つけてすぐ、封をびりびりに破いて開けた封筒。元旦那からの手紙だった。元旦那はメールとかそういうことがまるでできないから、子どもと会う日を指定するときや、何か伝えたいことがあるときは、手紙が送られてきた。学歴はないが、字は上手い。手紙の内容はもうすっかり覚えてしまうくらい読んでいたのに、もう一度、コーヒースタンドのスツールに座って、最初から最後まで目で追った。

手紙を手にしたまま、ふと顔を上げる。その人は視界の左から歩いてきた。この前、モールで見たときとはまったく違う表情だった。疲れてもいない、澱んでもいない。背をぴんと伸ばして、まるで、ただ、歩くことに集中するように、移動していく。なぜ、そんなことをしようと思ったのかわからない。私はスツールを下り、慌てて店を出て、その人のあとを追ったのだった。

店にいるときにはわからなかったが、歩くスピードは速い。駅の階段を下りて、ロータリーを越え、アーケード商店街のあるほうに歩いて行く。その人は、ドラッグストアに寄り、絆創膏とコットンと日焼け止めを買い、コンビニエンスストアで、三枚入りの食パンと、フルーツゼリーを買った。ビニール袋はもらわない主義なのか、手に提げたトートバッグに買ったものが詰められ、少しずつ丸く、膨らんでいく。

袖のない黒いワンピースから伸びる腕は細い。介護士をしていると、腕はどんどん太くなっていくものだけれど。モールで見たときみたいに、髪の毛をまとめていないので、肩胛骨（けんこうこつ）あたりまで伸びた髪の毛が、ゆらゆらと揺れる。

商店街の奥は昼間でも暗い。どこに行こうとしているのか、わからないけれど、小走りでその人に近づいた。背中にそっと手のひらで触れた。

近づいてみると、その人の背が私とあまり変わらないことに気づく。驚いた顔で私を見つめる。

「先輩と……」

まるで外国語で話しかけられたような表情だ。

「もうなんでもないんですか？」

水の入ったコップに墨汁が一滴垂れたように、その人の顔に困惑した表情が少しずつ広がっていく。

「あたし、海斗と同じ職場で働いていて。あの……海斗の、元の、彼女さんですよね」

困惑と恐怖に満ちていたその人の表情が、海斗という聞き慣れた名前を聞いた途端、少しずつほぐれていくように見えた。こくり、と小さく頷いたその頰に散らばる薄いそばかすを見つけた。海斗の唇や舌はこのそばかすにも触れただろう。

「もう……まったく、なんでもないですよ」

私は何を言いたくて、何を聞きたくて、この人のあとをつけてきたんだろう。

「私、もうすぐ引っ越してしまうので……この町からもいなくなりますし……あの、海斗の？」

私は頷いた。そうですか。なら、安心してください、といわんばかりの顔で、その人がかすかに微笑む。

そのこと、先輩も知っているんですか？　と聞こうとしたけれど、先輩は知らないような気がした。先輩のことだ。知っているなら落胆した顔を私に見せるはず。私が頭のなかでくるくると考えをめぐらせている間に、その人は頭を下げ、さっきと同じスピードでアーケード商店街の奥のほうに歩いて行く。昼間でも暗い商店街の暗闇にまるで同化するように、その人の黒いワンピースが小さくなり、やがて見えなくなった。

なぜだかその出来事にすっかり疲れてしまった私は、夕方まで自分の部屋で眠りこけてしまった。カーテンを開けたままだったので、窓の外がオレンジ色になり、紺色に変わっていくのを、ベッドに寝たまま、ただ見ていた。家事や勉強や、生きていくうえで必要な細々とした雑務が手つかずになっていたが、体の芯から疲れて、起き上がることができなかった。仰向けになったまま、元旦那からの手紙のことを考え、商店街で偶然に会った先輩の元彼女のことを考え、先輩のことを考えた。考えながら、また、泥沼にひきずられるように深く眠ってしまった。

気がつくと、キッチンのほうから音がする。

夢うつつで、おかあさん、と思わず呼んでしまってから目が覚めた。部屋は暗いまま、シンクの上の小さな白い照明だけをつけて、先輩がもうもうとした湯気に包まれていた。何を茹でているのか、先輩は手にした両手鍋の中身をあけようとしている。鍋のなかのお湯が流れると、シンクがべこん、と音を立てた。そっと立ち上がり、キッチンの先輩に近づいた。

「うわ、びっくりした」

背中に抱きつくと、先輩が心から驚いた声を出した。あの人がこの町からいなくなることを知らない先輩のことがなぜだかとても哀れに思えた。先輩が振り返り、私の体を抱きしめた。先輩の腕のなかに私の体はすっぽりと収まってしまう。

「ポテトサラダを作ろうと思って。じゃがいも茹でてた。ごめん、勝手に部屋に入って」

ううん、と口に出す代わりに首を振った。シンクに置かれた銀色のざるには、表面の皮が所々ぷちんと割れたじゃがいもが転がっていた。

哀れだと思ったのは、先輩のことだけではなかった。

元旦那の手紙には、再婚をするので、もう、子どもに会う必要はありません。と書かれていた。その手紙のやたらと丁寧な文章に、自分がひどく傷ついていることに気がついて驚いたのだった。元旦那が好きなわけでも、子どもがかわいいと思っているわけでもないのに。元旦那と子どもを捨てたつもりでいた自分が哀れだと思った。捨てた気でいて、捨てられたのは自分のほうだった。

「この前のさ、畑中が言ってた大学のこと、ちょっとまじめに考え始めたんだよ。計画立てないと、と思って。いっしょに行こうよ大学。一人だと俺、途中で、絶対にくじけるもの」

先輩が語る夢は、溺(おぼ)れていく人が必死でつかむロープのような気がした。自分にとっても同じことだった。今より低いところに流されないようにするための、とても切れやすい命綱。

「……前の彼女にもそう言ったんですか？　いっしょに大学行こう、って」

先輩が、今日のあの人と同じ顔をした。外国語で話しかけられたような顔。たくさんの人の悪意にさらされてこなかった人の顔だ。

「畑中と、いっしょに行きたいんだ」

今すぐに先輩をひどく傷つける言葉を自分のなかに探そうとした。

けれど、どんなに探してもその言葉が出てこないことに、私はまた驚いてしまったのだった。

なぜだか八月の夜勤は、高島さんといっしょになることが多かった。

「見回り行ってきます」

私の顔を見ずにそう言い、部屋を出て行こうとする。

高島さんの態度は相変わらずだ。最低限のことしか話さないし、顔を見ようともしない。

そんな態度にも、もう慣れ始めていた。

しばらくすると、たっ、たっ、たっ、という靴音が聞こえてきた。高島さんが泣きそうな顔でテーブルの上に手をつき叫んだ。

「太田（おおた）さんの、様子が、おかしくて、息が苦しそうなんです」

太田さんは、九十八歳のおじいさんだ。あと数週間か、半年くらいで、死を迎えるだろうと予想されるターミナル期の利用者で、この施設の介護士も、看護師も、特に、太田さんには目を配っていた。

パニックになった高島さんはなぜだか、書架のなかにある介護記録を探そうとしている。

落ち着きなよ、と、高島さんの腕をつかんだ。

「まず、救急車だよ。それから、看護主任、そのあとご家族に連絡」

そう言いながら、太田さんの居室に急いだ。ベッドの上の太田さんは、絞り出すような声を出し、あえぐような呼吸をくり返している。私だって、利用者を看取った経験が多いわけではない。高島さんはたぶん、初めてだろう。

「連絡した？」

太田さんのベッドのそばにやってきた高島さんは、血の気の引いた顔で頷いた。

苦しそうな呼吸が少しずつ穏やかになっていく。あぁ、と思う間もなく、太田さんの顔にかすかに浮かんでいた生きている人間の気配のようなものが少しずつ消えかかっていた。廊下の奥から、たくさんの人の足音と、救急車のストレッチャーが近づいてくる音がする。

「もし、太田さんがここで最後になるなら、ちゃんと見てあげよう」

しゃくり上げるように泣いている高島さんが、こくりと頷いた。二人で太田さんの手を握った。

熾火のような命を抱えた太田さんを乗せた救急車が遠ざかっていく。サイレンに負けないくらい、高島さんの泣き声が大きくなった。

翌日のミーティングで、太田さんは搬送先の病院で亡くなったことが知らされた。

「見回りのとき、容態の変化にもっと早く気づくべきじゃなかったんですかね。ご家族からも、病院でなく、この施設で看取ってほしいというご希望もあったわけだし」

この施設のなかでも、私が特に苦手な看護主任が、高島さんと私に詰め寄る。

「私が……もっと早く、気づいていれば……太田さんは」

そこまで言って、高島さんは声を詰まらせた。

「体制がうまいことできてないからじゃないすかぁ……」

皆の視線が、突然大きな声を出した私のほうを向いた。

「看護師のいない夜なんて、たくさんあるじゃないですか。あたしたちみたいな新人には負担が大きすぎるんですよね。いきなり、昨日みたいなことがあると。だいたい、ここの施設って、看護師が楽しすぎてやしませんか。なんかあるたびに、介護士の責任だ、って言われてたら、新人のこっちだって身が持たないなぁ……」

看護主任はにらむように私を見ている。テーブルの向こうに座っている先輩も、何か言いたげに目配せする。重苦しい沈黙が部屋を満たしていく。

「わっ、私たち看護師だって、限られた人数で、利用者の体調管理をしてるんです。もし、これ以上負担がかかったら」

口を開いた看護主任の声は次第に感情的に、大きくなっていく。私をにらむように見るが、わざとらしく私も目を逸らす。さらに重い沈黙。険悪な雰囲気をハサミで切り裂くように、施設長が強い口調で言葉を放った。

「どっちに責任がある、という話じゃないの。手厚くケアしたいのは、どちらも同じでしょ」

真ん中でバランスをとろうとする天秤（てんびん）のような施設長の言葉が耳を通り過ぎていく。

「……確かに、夜勤時の緊急連絡体制は、早急（さっきゅう）になんとかしたほうがいいわね。……これ以上、退職者も増やしたくないし……」

最後の言葉が施設長の本音だろう、という気がした。八月に入って、また、介護士が二人やめていった。強い責任感を持って介護士になった人ほど、すぐに燃え尽きて、現場から消えていった。人材不足とはいえ、新しい介護士は入れ替わり立ち替わりやってくる。けれど、仕事に対する熱は、すぐに現場に吸い取られ、その人自身をも壊していく。現場の問題は、何も解決されないままで。

ミーティングはいつの間に終わったのか、気がつくと、皆が席を立ち始めていた。肩を叩かれ、見上げると、ファイルを抱えた先輩がそばに立っていた。

「畑中、ワルモノになりすぎなくていいんだぞ。もっと普通に話せよ」

それは二人だけでいるときの口調ではなく、職場にいるときの先輩としての口調だった。

「そうしないと話も進まないじゃないですか」

「おまえ、ほんと、かわいくねーな」

先輩が、ぽすっ、とファイルで頭を叩き、会議室を出て行った。その背中に抱きつきたい衝動を抱えながら、同時に、心のなかで、さようなら、とつぶやいていた。


「はっ、畑中さん、よかったら食べませんか?」

太田さんのことがあったあと、初めて高島さんと夜勤でいっしょになった。

介護記録のノートを広げていた私が顔を上げると、差し出された小さなタッパーのなかに、マドレーヌのようなものが詰められている。

「これ、って、手作り?」

高島さんが赤い顔で頷く。ひとつを手に取り、口に入れた。バニラエッセンスやブランデーの香りもしないその茶色いかたまりを、もそもそと食べ、ペットボトルのお茶で飲み込んだ。

「へぇ……もしかして彼氏、できたんだぁ」

からかうようにそう言うと、ふへっ、と高島さんは否定しないで、変な声を出した。

「専門学校時代の、同級生で……」

聞いたわけでもないのに、高島さんは彼氏のことを話し出す。この前の出来事以来、高島さんも私との距離を縮め始めていた。先輩のように。

「でもさあ、介護士同士って、うまくいかないんだよねぇ。仕事の休みも合わないじゃん。結婚しようにもさ、二人で低収入じゃねぇ……。介護士じゃない彼氏見つけなよ。でも、難しいか、高島さんじゃ、合コンとか、行ってもさぁ……」

ノートを広げたまま、言葉を続けていると、高島さんが突然立ち上がった。俯いた顔を見ると、目の端が赤い。

「このマドレーヌ、彼氏にあげたの？　正直に言うけど、あんま、おいしくないよ。もっと練習してからあげなよ。あたし、ケーキ屋の娘で舌が肥えてるからさ。ちょっと焼き菓子にはうるさいんだよねぇ」

「見回り行きます」

私の顔を見ずにそう言いながら高島さんが部屋を出て行く。トイレか、暗い廊下の片隅で泣くんだろう、と思った。テーブルにはさっき、高島さんが私に差し出したタッパーがそのままになっていた。さっき食べたマドレーヌ、らしきものをつまみ、そのまま囓った。甘すぎるけど、悪くはない。家庭用のオーブンで作ったなら、これで十分、おいしいよ。

「お子様ランチとクリームソーダ、それにコーヒー」

そう言って、灰皿を引き寄せ、煙草に火をつけた。煙を吐き出すと、子どもが目をぱちぱちとさせる。

目の前に座る子どもは、この前会ったときから、ずいぶんと大きくなっているような気がした。毎日、老人ばかり相手にしているせいで、子どもの若さとか、生命力の勢いが目にしみた。しみも、皺もない皮膚がまぶしかった。

子どもはお子様ランチのピラフをスプーンで口に運ぶ。この前会ったときには、ぽろぽろこぼしていたのに、今日はこぼさない。できることが増えていくのが成長で、できないことが増えていくのが老化なんだと、ふと思う。この子には、自分の作った料理を食べさせることはなかった。ただ、自然に湧いてくる母乳を飲ませただけ。それも、この子の体を作ったんだろうか。

元旦那からの手紙には、子どもと二人、元旦那の実家を出て、再婚相手の実家のある隣町で生活を始めるとあった。遊園地らしき場所で、三人で写っている写真も同封されていた。しゃがんでいるその人に抱きつかれている子どもは笑顔を浮かべ、いちばん緊張した表情で写っているのは元旦那だった。強くて、やさしそうな人だった。元旦那よりも七歳年上で、バツイチ。子どもはいないそうだ。美容師をしているのだという。もし、元旦那に何かあったって、その人が美容師なら子どもは食べていける。

「これ」

子どもが小さなゼリーを差し出した。

「何」

「とれない」

甲虫のえさみたいな、小さなカップ入りのゼリーだ。いつか、先輩にあげた弁当の隙間が埋まらなくて、こんなゼリーを詰めたことがあった。煙草を指に挟んだまま、ぐい、と蓋を剝がし、子どもに渡した。ありがと、と言いながら、カップを口にくわえる。

「覚えておいて」

子どもはかすかに緊張したような表情で私の顔を見る。

「あんたのおじいちゃんはね。……まだ、死んじゃいないけど、腕のいいケーキ屋なの。だから、あんたも、将来、ケーキ屋になりなよ。あと、大人になったら、お酒には注意すること。わかった？」

わかっているはずはないのに、私の言葉の勢いに負けたのか、子どもはこくんと頷く。

「大人になってケーキ屋になったら、あたしに食べさせて。あたしが好きなのは、サバラン、っていうケーキ。言ってみて」

「さら、ば、ん」

「違うよ。サバラン」

「さら、ばん？」

「違うってば」言いながら、笑ってしまう。つられて子どもも笑った。

「サバラン」

「さば、らん」

「そう」

言葉の響きがおもしろいのか、サバラン、サバラン、と子どもがおもしろそうに口のなかでくり返す。でも、すぐに忘れてしまうんだろう。今日見た私の顔も。私の言った言葉も。

「元気でな」

白っぽい夏の光があふれる駐車場で元旦那はそう言い、まぶしそうな顔で私を見た。

「これ、おまえにだって」

そう言って、小さな封筒を差し出し、じゃあな、と言いながら、車に乗り込んだ。

子どもには私と会うのは今日が最後だと伝えていない、と聞かされていた。後部座席、チャイルドシートのベルトに縛られるように座り、こちらを見ている。開いている窓に顔を突っ込むようにして、バイバイ、と言うと、いつものように顔を歪める。子どもは泣きながら、サバラン、と言う。

「そう。サバラン」

髪の毛をくしゃくしゃに撫で、じゃあね、と言いながら、車から離れた。子どもがくれた小さな封筒を右手で掲げたまま、車が駐車場を出て行き、国道の車の流れに紛れていくのを見ていた。

引っ越し荷物の段ボール箱が積まれたアパートで、小さな封筒を開けた。

照明はつけずに、折り畳まれた紙を広げた。窓から差し込む街灯の光を反射して、暗闇のなかで白い紙が光る。

大きな丸のなかに、点で描かれたふたつの目。その下の口は上向きに大きな弧を描いている。その下に生えた手と足。絵の下に、まま、とやっと判読できる文字で書かれているが、新しいおかあさんのことだろうか。それとも。

がちゃがちゃと鍵を開ける音がする。顔を見られたくなくて慌てて段ボール箱の陰に隠れた。何が入っているのか、重そうな白いビニール袋を両手に提げた先輩が部屋に入ってくる。どさり、とキッチンにビニール袋を置き、こちらに歩いてくる。先輩が私を見つけ、しゃがみ、私の頬をつまんだ。その指が濡れてしまうだろうと思った。

「どこにも行かないで」

「それはこっちの台詞だろ」そう言って先輩は笑った。

私はもう少し、この町にいてもいいんだろうか。
そして、この男のやっかいさは、私をどこに連れて行ってくれるんだろう。

暗れ惑う虹彩

ベランダに出て二人分の洗濯物を取り込んだ。この土地特有の風に一日中さらされ、からからに乾いたタオルや下着をリビングの床に放ると、ベージュのカーペットの上に瞬く間に山になっていく。振り返ると、アパートの前には住人のための駐車場があり、その前には高い建物もないので、二階のこのベランダからでも夕暮れの空の下には山の連なりが見えた。ここから小一時間、東へ車を走らせれば海に出るが、この場所には海の気配がない。風がひどく強く吹いた日だけ、かすかに潮の香りが混じっているような気がするが、それでも、このアパートに引っ越してきてから、海という存在を間近に感じたことはなかったし、そこに近づいたこともなかった。

生まれ育った町で勤めていた特別養護老人ホームからは、すぐそばに書き割りのような富士山が見えた。それは、いつもそこにあった。私が生まれ育った家からは見えなかったが、富士山がどの方向にあるのか、私は常に意識して暮らしていたような気がする。富士山はいわば、私にとって磁石のN極のようなもので、自分が今どこにいるのかを確かめるときには、富士山がどちらの方向にあるのかをゆっくりと考えてみればよかった。

あの町を出て、気づけば二年半が経っていた。

私はこの町に来て、宮澤さんのアパートに転がり込み、まず車の免許を取った。両親が交通事故で亡くなっているから、車の免許を取ることには抵抗があったが、この町では車がないと生活も仕事もできない。以前と同じような介護施設で仕事をしたかったけれど、それは叶わなかった。この町には自分が思っている以上に介護士がたくさんいて、それなのに施設は少なく、介護の必要な老人の多くは、自宅で介護サービスを受けていた。

　職探しの日々を経て、訪問介護を行う会社になんとか雇ってもらえることになり、私の仕事は昼間だけになった。コピー機器を取り扱う会社で営業の仕事をしている宮澤さんと生活リズムが合うようになったのは、いっしょに暮らし始めた二人にとってはよいことだったのかもしれない。けれど、実際のところ、営業の仕事をしている宮澤さんは残業や接待で仕事の帰りが遅く、私が布団に入り、日付が変わってから帰宅することも多かった。

　一人で過ごす夜に思い出すのは、富士山でも、あの町でともに暮らしていた海斗でもなく、自分が育ったあの家のことだった。おじいちゃんと暮らした家。古くて、ぼろくて、近所の子どもたちから妖怪ハウスと呼ばれていたあの家。家よりも広い庭、赤く錆びた門扉。まるで短期の旅行にでも出かけるように、鍵だけをかけて飛び出してしまったあの家。家具も、洋服のほとんどもあの家に置いたままだ。両親とおじいちゃんの位牌だけは、自分のそばに置いておきたくて、私はそれをやわらかい新品のタオルに包み、トランクの隅に入れ、この部屋に持ってきた。それがいいことだったのかどうかわからない。この部屋に引っ越したとき、私はまず位牌を取り出し、部屋に運び込まれたスツールの上に置いたのだった。

日が長くなったとはいえ、夕暮れはあっという間に終わってしまう。太陽が沈むと、空は黒く染まり、この土地特有の鋭い冷気が足元から這い上がってくる。ぼんやりと空を見ていた私は、自分の吐く息が白いことに気がついて、慌てて部屋のなかに入る。仕事柄、風邪をひくことはできないし、誰かにうつすこともできない。掃き出し窓を閉めると、灯りに照らされた部屋のなかと自分が映っている。私は窓ガラスに近づき、はあっと一度、大きく息を吐く。曇ったガラスに指で触れ、何かを描こうとしたが、何を描いていいのかさっぱりわからないまま、丸をたくさん描いた。大きな丸と小さな丸を。それは子どもの頃におじいちゃんと飲んだサイダーの泡のようにも見えた。

「じゃあ、行ってくるね」

耳元で言われたあと、すぐに玄関のドアが閉まる音がした。そして、鍵を閉め、ドアノブを何度かひねってそれを確かめる音。廊下を歩いて行く、少し引きずるような足音。私はそれを布団に入ったまま聞いた。

私が宮澤さんと出会ったとき、宮澤さんは新宿に事務所を構えるデザイナーだった。私が卒業した専門学校のパンフレットを宮澤さんの事務所が請け負い、パンフレットの紙面に無理矢理登場させられた私は、宮澤さんと出会った。私は宮澤さんと寝るようになり、それが幾度かくり返されて離れられなくなった。宮澤さんと連絡が取れなくなったあと、宮澤さんの事務所に私を連れて行ったのは海斗だ。一度は離れたものの、そのあとも、私はフェイスブックで宮澤さんの動向を知り、連絡を取るようになった。宮澤さんは経営の立ちゆかなくなった事務所をきれいさっぱりと畳み、東京から遠く離れたこの町で仕事を見つけ働いていた。

今の宮澤さんは、私が初めて会ったときの宮澤さんのようではない。髪を短く、こまめに切り、毎日スーツを着て、会社に出かける。出会った頃のような、会社には属していない人間が持つ、仕事をしていてもどこか半分遊んでいるようなくだけた雰囲気はすっかり漂白され、別の人間になってしまったようだった。それをいやだ、と思ったことはない。私は今でも宮澤さんのことが好きだし、共に生活ができることを喜ばしいと思っている。ただ、二人の間には、あの町の、私の家で、私のなかにあった熱狂のようなものがないだけだ。

枕元の時計を見る。自分が思ったよりも、ぼんやりと過ごしてしまったことに気づいて、私は慌てて布団のぬくもりのなかから抜け出す。パジャマ一枚で襖を開けてリビングに入ると、すぐに体が冷えてしまうほど室温は低い。暖房をつける暇もないくらい慌てて家を出たのだろう。もう何カ月もいっしょに朝食も食べていない。宮澤さんは仕事に忙殺されている。

顔を洗い、トーストとカップスープの朝食と簡単なメイクを済ませ、制服に着替えて家を出る。後ろで髪を縛っているから、鋭く吹く風が、むき出しになった首筋を冷やしていく。

軽自動車で県道を走る。この町も私の住んでいた町とそれほど変わらない。駅前に形ばかりの商店街はあるが、活気があるとはいえない。少し走れば大きなショッピングモールがある。そこに行けば、なんでも手に入る。あの町とこの町の差が私にはわからなくなる。薄紙を上に置いてトレースしたように、あの町とこの町は似ている。ただ、富士山がないだけだ。

会社には、始業十分前についた。上司と同僚と短いミーティングを終え、今日のスケジュールを確認する。私は今、二軒の家を担当している。月水金は、三好（みよし）宅へ。火曜と木曜は梅田（うめだ）宅に通っている。特別養護老人ホームにいたときは、一日のスケジュールが決められ、それに従って動いていればよかった。在宅介護は、利用者が住んでいる自宅に向かい、一対一で入浴や食事のサポートや、時には買い物や炊事、洗濯といった家事までも請け負う。介護士兼ホームヘルパーだった。特別養護老人ホームの仕事よりも、よりオーダーメイドに近かった。

この町で仕事を始めた頃は、利用者の家に入り込んで介護する、ということに慣れなかった。利用者との距離が近くなった分、気を遣うことも多い。しかも密室のなかで自分一人ですべての責任を負わなければならない。それでも、利用者といる時間は短くて済む。私は少しずつ、この仕事に慣れていった。

今日は一人暮らしをしている梅田さんの家に行く日だ。私は先週、頼まれた買い物をショッピングモールで済ませ、郊外にある梅田さんの家に向かった。小さな二階建ての家。屋根の色やベランダの形から、それはずいぶんと古い家のように思える。そこに梅田さんは一人で住んでいる。

「こんにちは」と言いながら、すでに渡されている鍵でドアを開けてなかに入る。少し黴臭(かびくさ)いような、梅田さんの家特有のにおいがする。梅田さんの家だけではない。在宅介護の仕事に就いてから、家のなかのにおいはそれぞれ違うことを私は知った。それならば、私と宮澤さんの住むあのアパートにも、そのにおいがあるはずだが、毎日、部屋に帰っても、自分ではわからない。自分が暮らす場所のにおいが自分以外の誰かにしかわからない、ということが私には少し怖いことに思えた。

薄暗い廊下には、梅田さんのために手すりが取り付けられている。廊下を抜けると、日の当たる居間の一人がけのソファに梅田さんは座っていた。八十一歳のおじいさんだが、多少耳が遠いことをのぞけば、頭はしっかりとしていた。髪は白髪というより銀色に近く、体に余計な贅肉もついていない。いつも身ぎれいにしていて、着ている紺のセーターには毛玉ひとつなかった。二年前に脳梗塞になって以来、左半身が不自由になったので、料理や洗濯といった家事はできないが、言葉がもつれることはない。

奥さんは三年前に癌で亡くなり、一人息子の家族は東京で暮らしている。在宅介護の依頼をしたのは息子さんで、介護の計画や報告をするのも、請求書を出すのもその息子さんあてだった。梅田さんは膝に赤いタータンチェックの膝掛けを載せ、まぶしそうに目を細めている。梅田さんの前にある小さなテーブルには、薄桃色のシクラメンの鉢が、梅田さんと同じように日の光を受け、下向きに咲いた花びらの縁を輝かせていた。

「今日もお元気そうですね」

そう声をかけると、梅田さんはかすかに頷いた。最初の頃は、機嫌か体調が悪いのか、と思ったがそうではない。極端に言葉を発することが少ないだけだ。血圧と体温を測り、顔色をチェックする。今日も異常はない。

「梅田さんに頼まれた和菓子、忘れずに買ってきましたよ」

私が手に提げた白いビニール袋を掲げてみせると、梅田さんは右頬をかすかにあげて微笑んだように見えた。

私はさっそく台所に入り、昼食の準備にとりかかった。長年の習慣で父親は朝食を食べませんから、と、梅田さんの息子さんに言われていた。頼まれていないことは私にはできない。生活に介入するラインは介護を依頼した利用者によって決められていて、私はそれを勝手に飛び越すことはできないのだ。

小さく切ったソーセージや、野菜をたくさん入れたシチューを弱火で煮込んでいる間に、洗濯機を回し、部屋の掃除を始めた。梅田さんが寝起きしている一階だけでなく、二階の部屋も掃除をするように言われていた。重い掃除機を抱えて、急な階段を上がる。二階には、梅田さんの息子さんが使っていた六畳ほどの部屋がひとつと、衣装ケースや段ボール箱が置かれて納戸のようになっている四畳半があるだけだが、週に二回、私が掃除をしているせいなのか、さして汚れている気配はない。四畳半のほうは、掃除機が入るスペースもないので、換気のために窓を開け、小さな箒とちりとりでかすかなほこりだけを集めた。

六畳の息子さんの部屋には、勉強机に椅子、そしてシングルのベッド、本棚があった。壁には名前のわからないバンドのポスターが貼られ、勉強机には何かのフィギュアが置かれていた。本棚には高校の教科書や大学の名前が書かれた赤い背表紙の受験問題集がそのままさし込まれている。ベッドはベッドカバーで覆われ、シーツも敷かれたままで、私は依頼どおり、一週間に一度、シーツやベッドカバーを交換した。東京にいる息子さんには、もう中学生になる子どもがいて、息子さん自身も四十半ばだったはずだが、この部屋は今も高校生の男の子が暮らしているように保たれている。

二階の掃除を済ませると、一階の部屋に掃除機を持って移動した。一階には、台所、浴室、トイレ、居間、そして、梅田さんの寝室、その奥に仏壇を置いた和室がある。私はそれぞれできるだけ丁寧に掃除をした。毎回同じことをしているのだから、たいした汚れはないのだけれど、それでも私は時間をかけてあらゆる場所をきれいにした。

シチューの味見をして、ほんの少しだけ塩を足し、洗濯機のブザーが鳴ったので、私は浴室脇にある洗濯機に近づき、洗い上がった洗濯物をプラスチックのかごに入れる。それを庭の物干し台に干した。庭はそれほど広くはなく、物干し台だけでそのスペースは埋まってしまっていた。それでも無理をすれば、庭の隅に小さな花壇くらいは作れそうだった。

梅田さんはよく、花を買ってきてください、と私に頼んだ。奥さんの仏壇にあげる花だが、「花を」という頼み方ではなく、「水仙を」「グラジオラスを」「コスモスを」と具体的な花の名前を伝えられた。居間に置いたシクラメンも梅田さんの希望で買ってきたものだ。どの季節に何の花が咲くのかわかるくらいには詳しい人なのだ。

私は両手で持ったタオルを何度か振り、自分よりも背の高い物干し竿に干した。今日はやっぱりずいぶんと気温が低いのだろう。太陽は出ているけれど、洗濯物を干している間に自分の指先が真っ赤になってじんじんと痺（しび）れた。

あっという間に午前十時になった。朝食を食べていない梅田さんに朝昼兼用の食事を出す。さっき煮ておいたシチューと、やわらかく炊いたごはん。そして、湯飲みに入れた冷ました番茶。それをトレイに載せて、居間のテーブルの上に置いた。

私は梅田さんの体を支え、一人用のソファから立ち上がらせた。支えながら歩かせ、ひいておいた椅子に座らせる。

「召し上がってください」

そう言いながら、私は梅田さんの横に座った。梅田さんは介助用のスプーンで小さく切った野菜を口に運ぶ。皺だらけの口のまわりが円を描くように動き、食べ物を咀嚼する。梅田さんは好き嫌いもないし、食欲の波もない。いたって扱いやすい利用者だった。時間はかかったけれど、食事は残さず平らげ、番茶も飲み干した。少し休憩してから、梅田さんをさっきの一人用のソファに再び移動させる。食器を片付けたあとは、夕食の準備をするまで、リハビリも兼ねて近所を散歩することになっていた。

梅田さんをトイレに行かせてから、外出用の服を選んだ。いちだんと気温が低い今日は、オーバーを着せ、マフラーを巻き、ニット帽をかぶってもらった。

「耳当てもしますか?」と聞くと、梅田さんは首を横に振った。着替えを手伝っている間も梅田さんは何も言わない。されるがままだ。それでも、私は次にすることを声に出す。

「玄関の補助椅子に座りましょうか」

「靴のベルトを締めますね」

それは介護者として基本的な行為だ。声がけに反応がないことにも慣れている。けれど、梅田さんに向かって自分一人が声を発していると、その声が梅田さんの体や家にひゅっ、と吸い込まれてしまうような気分になった。

玄関を開けて、外に出た。自分も制服の上にダウンジャケットを着ている。まだ太陽は高い位置にあり、朝のような鋭い寒さは和らいでいたが、それでも日陰に入った途端、体を震わせるような冷たさに包まれる。いつもより短時間で切り上げようと思った。梅田さんの家のある住宅街を抜け、小さな橋を渡って、保育園のあたりまで行って帰ってくるのがいつものコースだった。

杖（つえ）を使えば、ゆっくりではあるが、梅田さんは歩くことができる。この道にはめったなことでは車も入ってこない。こつ、こつ、と梅田さんの杖がアスファルトの上で立てる音が響く。雀のような小さな鳥が二羽、私と梅田さんの前に降り立った。

ちゅりーじゅりーちゅりー。ちゅりーじゅりーちゅりー。

特徴のある声で鳥はくり返し鳴く。

「雀じゃないですね。なんの鳥でしょうか」

「オ、オオジュリン」梅田さんは痰（たん）がからんだ声で言った。

それは今日、初めて聞いた梅田さんの声だった。

「オオジュリン？」

「そうです」

梅田さんが足を止める。

体全体が一度、前後に大きく揺れて、私は梅田さんの腰のあたりに手を添えた。

「葦原（あしはら）の、なかに、いるんです、葦の茎の、皮を剝がして、なかの虫を食べます」

梅田さんは言葉を区切りながら、小さな声でつぶやくように言った。

「お詳しいですね。梅田さん」

私がそう言って見上げると、梅田さんの右頰がゆるむ。

しばらくの間、梅田さんはオオジュリンのつがいを見ていたが、その二羽がそこから飽きたように飛び去ってしまうと、再び歩き始めた。梅田さんとの散歩は、おじいちゃんとの散歩を思い出させた。子どもの頃、あの家から深い山のなかに続く道を、日曜日によく歩いた。海斗も、いやがる私を車に乗せて、湖に連れて行った。この町に越してきてから、私は宮澤さんとそんなふうに散歩や遠出をしたことはなかった。

橋を渡り、なんとか時間をかけて保育園の前まで来た。いつも、梅田さんは園庭で遊ぶ子どもたちを見るのを楽しみにしているのだが、今日は時間がやや早いせいか、それとも寒いからなのか、園庭には誰もいなかった。まるで遊びの途中で子どもたちが忽然（こつぜん）と姿を消したように、砂場には小さな山が作られたまま、カラフルなスコップやバケツが放り出されていた。梅田さんは緑色のフェンスを右手でつかみ、誰もいない園庭をしばらくの間見つめていた。この保育園まで二十分くらいかかっただろうか。

「少し、休みますか？」

保育園の先には、猫の額ほどの公園があり、ベンチもある。そう声をかけたものの、梅田さんは首を横に振る。

「では、おうちに帰りましょうか」

私がそう言うと、梅田さんは何がおかしいのか、顔を歪めるようにして声を出して笑った。

「ああ、おうち、ね。私のおうちへ。ええ、帰りましょう」

梅田さんは笑いながら、節をつけるようにそう言って、杖を半歩ほど前につき、来たときと同じ道を、またゆっくりと歩き始める。梅田さんの笑いが私にも伝染したようだった。くすくすと二人で笑いながら、来たときより風が強くなった道を戻った。


今の仕事は遅くとも午後六時までには終わる。それから、車でスーパーマーケットに寄り、夕食の買い物をするのが毎日の習慣だった。宮澤さんは家に帰ってきて、私の作った夕食を食べることもあれば、食べないこともあった。朝、「今日、夕食いる？」という私の質問に、「食べる」と答えても、翌朝になってみると、昨夜のまま、ラップのかけられた皿が置かれていることもあった。それからは、何も聞かず、二人分の夕食を作ることにした。残ったおかずは、私のお弁当にした。

買ってきた肉と野菜で簡単なおかずを作った。料理はもともと得意ではない。それでも、この町に来て、在宅介護の仕事をするようになってからは、利用者の家で料理をしなければならない機会が増えた。私は料理本を買い込み、ネットでレシピを検索して料理を覚えた。とびきりおいしい、というわけではないが、そこそこ食べられる程度の簡単な料理なら作れるようになった。小鍋に味噌を溶いているときに、ＬＩＮＥの通知があった。宮澤さんからだ。

〈日奈ちゃん。今から帰ります。何か買うものとかありますか？〉

思わず時計を見た。まだ、午後八時前だ。それに宮澤さんが家に帰る前にＬＩＮＥやメールをくれることもほとんどなかった。

〈お疲れ様。何もありません。運転に気をつけてください〉

そう返したものの、会社で何かあったのだろうか、とふいに心配になった。十分もしないうちに、アパートの前の駐車場に車の停まる音がした。廊下を歩く足音は引きずるようではなく、小走りで駆けてくるようだった。ドアが開き、宮澤さんが大きな声で、ただいま、と言う声が聞こえた。そんな声すら聞くのは久しぶりだった。

「おかえり。今日、仕事早いんだね」

「仕事、とれた！」宮澤さんは小学生のように言った。

「え？」

「仕事、やっととれたんだ大きな仕事」

宮澤さんの顔が輝く。そんな宮澤さんの顔を初めて見た。おめでとう、と言おうとした私に、宮澤さんが抱きついてきた。コートも着たままだった。宮澤さんの頬は冷たく、体から、冬の、外の、においがした。宮澤さんは何も言わず、私の首筋に顔を埋めている。もしかして泣いているのかな、とも思ったが、そうではなさそうだった。私も宮澤さんの背中に手を回した。しばらくの間、そうしていて、宮澤さんがやっと私から体を離した。

「それなら、もっと、ごちそうを作るんだったな。今日なんか、すごく適当で。宮澤さんも食べるかどうかわからなかったから」言いながら、少し嫌みっぽいだろうかと思った。

「ビールだけあればいいよ」

宮澤さんはそう言って、シンクで簡単に手を洗うと、コートだけ脱いで冷蔵庫を開け、缶ビールをふたつ手にした。私がグラスをテーブルに置くと、宮澤さんがビールを注ぐ。

「おめでとう」

私がそう言うと、宮澤さんはグラスのビールを一気に飲んだ。

私がビールを飲もうとすると、その手を宮澤さんがつかみ、グラスをテーブルに置かせた。手首を持ったまま、私に深いくちづけをする。まだ、ビールを飲んでいない私の口のなかに、宮澤さんのビール味の舌が入ってくる。そのまま、私たちはソファに倒れ込んだ。私と宮澤さんはお互いに、洋服の下だけを自分で脱いだ。くちづけをしたまま、宮澤さんが入ってきた。私はそれをすんなりと受け入れてしまう。それほど私と宮澤さんの体はなじんでしまっていた。

このアパートは、私が住んでいた山のなかの家ではない。壁も薄い。私は自分の口に手をあてる。私はもう、あの頃のように、ただ、両足を大きく広げているだけでなく、自分のかかとを宮澤さんのおしりに置いて、深く入ったままにすることを覚えた。あの家にいたときより、もっと深く、できるだけ長く、そこにいてほしかった。それなのに、宮澤さんは今にも果ててしまいそうだ。私は腰を引く。宮澤さんはその私の腰をつかんでさらに奥に進んだ。私の目の前で宮澤さんのネクタイが揺れている。その端をつかんだまま私が果てたあと、宮澤さんも果てた。

私は宮澤さんとセックスをして、初めてそれが快感であることを知った。けれど、それにすら慣れてしまった。おしりを丸出しにした宮澤さんがグラスのビールをあおる。何も話さない二人を、白々とした照明が照らし続けている。

翌日は休日だった。目を覚ますと、コーヒーのいい香りがした。隣に寝ているはずの宮澤さんがいない。布団から起き出すと、宮澤さんがキッチンに立っていた。そんな姿を見るのはこの町に来て初めてのことだった。

週に一度しかない休みの日も宮澤さんは仕事に出かけることが多かった。やり残した仕事があるから。営業先でトラブルがあって。そんな理由で宮澤さんは平日と同じように会社に向かった。休めるときでも、前日、同僚や上司や営業先と飲んで帰ることが多く、一日、布団のなかで眠っていることが多かった。私は仕事で疲れきっている宮澤さんを起こすことはせず、キッチンのテーブルで勉強を続けた。

「おはよう」

私の気配に気がついたのか、宮澤さんは振り返って言った。手にしたフライパンのなかにはスクランブルエッグがあった。

「お、おはよう」

「今日は一日休めるからいっしょに過ごそう」

そう言いながら、宮澤さんはマグカップに入れたコーヒーを私に渡してくれた。宮澤さんの手のひらが私の頭に伸びる。

「寝癖がすごいよ。今日は遠くまで行ってみようよ」

そう言って笑った。

「海のほうまで行ってみない？」

朝食を食べ終わる頃に宮澤さんはそう言った。


アパートから海まで宮澤さんは車を走らせた。町を抜け、しばらくの間、田園の間の細い道を走り続ける。

「海を見るのはほとんど初めてかもしれない」

車のなかでそう言うと、宮澤さんは驚いた声をあげた。

「そっか。日奈ちゃんの住んでいたところには海がないものね」

「小さな頃に、両親と行ったことがあるはずなんだけど。ほとんど何も覚えてないな」

「初めて海を見るようなものか。それはすごいな」

そう宮澤さんに言われて、私のなかに恐れに近いような気持ちが生まれた。

田園を抜けると、白いコンクリートでできた防潮堤が見え始めた。ナビによれば海はもうすぐそばにあるはず。けれど、防潮堤があるせいで、海そのものはなかなか視界に入ってこない。

去年の十一月に防潮堤ができたことはニュースで知っていた。職場の上司や同僚から、その話題が出ることもあった。広い駐車場の向こうに防潮堤が続いている。

「歩いてみようか」

宮澤さんは駐車場に車を停め、私たちは車を出た。

海から吹く風が私の耳元で渦を巻いて、金属的な音を立てる。波の音も聞こえてくるけれど、目の前にある防潮堤が視界を塞いでいた。間近に見ると、それが自分が思っていたよりもずっと低く、短いことがわかる。

「こんなに低いんだね」

白い階段を上がりながら私がそう言うと、

「このあたりはずいぶんと盛り土をしたって会社の人が言っていたな」

と、宮澤さんは前を見たまま答えた。

階段のてっぺんまで上がると、やっと海が見えた。今は引き潮の時間なのか、砂浜のずっと先に穏やかな波が打ち寄せ、重なり、そして遠のいていった。湖とはまったく違う。向こう岸が見えない。水平線はまっすぐで、海は左右にどこまでも広い。海を見て自分はもっと驚くのでは、と思っていたけれど、私のなかはとても静かだった。

太陽はまだ天頂には届かず、斜め上から私と宮澤さんを照らしていた。空の青には、もう春の気配すらあるような気がした。寒くはなかった。駐車場には数台の車が停まっていたのに、今、ここには、私と宮澤さんしかいない。宮澤さんは砂浜に続く階段を下りていく。私も宮澤さんに続いた。

砂浜には波や風が作る不思議な模様ができていた。ごみひとつ落ちていなくて、まるで細かいガラスの破片を混ぜたように、砂がきらきらと光っている。

私と宮澤さんはただ黙って、それぞれに海を見た。

私はしゃがんで、手のひらに乾いた砂を載せてみた。あの町の、湖の岸辺の黒い土とはまったく違う。それはあまりに軽くて、清潔で、さらさらと指の間からこぼれてしまう。火葬場の人が最後にちりとりで集める、細かな骨の粉に似ていると思った。

私の前にいた宮澤さんが振り返り、階段に向かったので、私もその背中を追った。階段を上がる途中、透き通った水色のガラスの欠片を見つけた。手にとろうとして気づいたが、白いコンクリートの階段は、影も青い。空の青が染めてしまうのだろうか。ガラスの欠片を手にしたけれど、迷った末に私は元の場所に置いた。家に持って帰ってはいけないような気がした。

階段のてっぺんで、突然、強い風が吹いた。私の体が吹き飛ばされそうなくらいに強く。私が宮澤さんの腕をつかもうとすると、宮澤さんがその腕で私を引き寄せた。

「ここしかいられる場所がもう僕にはは」

そこまで言って宮澤さんは黙った。僕には、あるのか、ないのか。その最後を宮澤さんは声にしなかった。私はどこにでも行けると思っていた。あの町から出るときだって、それほどの勇気は必要じゃなかった。宮澤さんと暮らせるのなら、どこでもよかった。だから追いかけてここまで来た。腕のなかで宮澤さんを見上げた。初めて会ったときから宮澤さんは四年歳を重ねた。私だって同じだ。けれど、その年月の重みは、宮澤さんと私とではまるで違うような気もした。宮澤さんは私といっしょにいつまでもいてくれるのだろうか。いつまでもいっしょに暮らしてくれるだろうか。結婚というかたちでなくてもいい。二人の生活をできるだけ長くしたかった。

「いつまでもいっしょにいてくれる？」

この町に来てからずっと思っていることなのに、私はその思いを一度も宮澤さんに伝えたことはなかった。海が低く鳴る音がする。今は穏やかに見える海が、いつか、なにもかも呑み込んだ荒れ狂う海になったことを、私は思い出していた。

玄関のドアを開くと、廊下の奥のドアに誰かが駆け込んだ気配がした。

「失礼します」と言いながら、私は靴を脱ぎ部屋に入った。

今日は三好さん宅へ伺う日だ。私がほんの少し手助けをすれば、ほぼ普通の生活ができる梅田さんと違い、三好さんはほぼ一日寝たきりだ。一人で歩くこと、食事や入浴、着替えなどはもちろんできない。大声をあげたり、徘徊したりすることはないが、名前を聞いても答えることはできない。認知症も患っている。寝たきりになった原因は梅田さんと同じ脳梗塞だが、体調の急変には特に気を遣う必要があった。三好さんは長男夫婦と同居しているが、二人とも働いているため、三好さんの面倒をみることはできない。奥さんがパートから帰る午後三時まで、私はこの家で三好さんを介護する。

さっき、誰かが駆け込んだ部屋でかすかに物音がする。私はその音に気をとられないように、三好さんのおむつを替え、体を拭き、着替えを手早く済ます。

ベランダに面したいちばん日当たりのいい部屋に三好さんは寝かされていた。けれど、その部屋には勉強机があり、その上にはなぜだかびりびりに破かれた教科書が開いたまま投げ出されている。椅子の上には革の学生鞄。その鞄にも白いマーカーで何か落書きされていた。けれど、私は目を逸らした。２ＬＤＫのマンションのこの一室は三好さんの部屋でもあり、この家の子どもの部屋でもあった。

三好さんの家に通うようになった頃は、学校行事の振替休日なのだろうかと思っていたが、何回も通ううちに事情が呑み込めてきた。この部屋のもう一人の主でもある子どもは、学校に行っていないのだと。ほかの日のことはわからないが、少なくとも私が三好さんの家に行くときには、行っていない。

私が週に三日、三好さんの介護をしている間、その子どもはマンションのどこかで声を潜め、身を隠していた。部屋に置いてある荷物や、書棚の上に置かれた小物から、女の子なのだろうと思ったが、名前すら知らない。介護を始める前の打ち合わせでも、その子の名前が出ることはなかった。もしかして、彼女が学校に行っていないことすら、三好さんの家のご夫婦は知らないのかもしれないとも思った。

私は三好さんの体の向きを変え、顔に直射日光が当たらないようにレースのカーテンを閉めた。三好さんはうつらうつらと眠り続けている。昼食の準備をしようと、キッチンに向かった。三好さんは口から栄養をとることはできる。食材は、冷蔵庫のなかにすでに用意されていた。ラップのかかったごはん。にんじん、ほうれん草、鶏肉。私はそれを噛まなくてもいいくらいにだし汁でやわらかく煮込み、ブレンダーで食材の形がわからなくなるほど粉砕し、飲み込みやすいように片栗粉でとろみをつける。赤ちゃんの離乳食のようなものを作ればよかった。準備には三十分もかからない。トレイに、器によそった食事、お茶、食後に飲ませる薬を用意して、三好さんの部屋に向かった。私はベッドの角度を変え、首元にタオルをかける。

「お食事ですよ」

そう言うと、三好さんのどろりと白濁した目が私を見た。スプーンで少しずつ食事を与える。食欲は旺盛だ。茶碗はすぐに空になった。お茶と薬を飲ませ、私は部屋を出る。持参した弁当を今のうちに食べてしまおうと思った。手を洗い、昨日の残りのおかずを詰めた弁当箱を広げた。昨日も宮澤さんは夕食をとらなかった。大きな仕事がとれたと伝えられたあの夜から、一週間が経っていた。早く帰ってきたのはあの日だけで、また、宮澤さんの帰りは遅くなっていた。お酒と煙草のにおいを体に染みつけて、タクシーで帰ってくることもあった。海を見に行って以来、ほとんど会話がなかった。私たちはいったいどこに向かっているんだろう。私は一度浮かんだ思いに執着しないように努め、眠くなるまで勉強を続けた。

襖を開けたまま、三好さんの様子を横目で見ながら、お弁当を食べ進めた。ことり、と、どこかの部屋で音がする。あの子は昼に何を食べるんだろう、と、この家に来るたびに思う。私がここにいては、台所にも来づらいのではないか。私はポットに入れてきたお茶を飲んだ。ダイニングテーブルからは、ベランダで揺れる三好家の奥さんが早朝に干した洗濯物が見える。それを取り込んで畳むように言われていた。

今日は二月にしてはずいぶんと気温も高く、空気も乾燥していた。もう乾いているだろうか、と思いながら立ち上がり、ベランダに続く、掃き出し窓を開けた。干されている厚手のバスタオルに触れたが、まだもう少し干しておいたほうがよさそうだ。振り返ったとき、間近にあの子が立っていて、思わず声をあげそうになった。小柄な私よりも背が低い。小学生といっても通じそうだった。中学一年くらいだろうか。肩まで伸びた髪の毛は墨のように黒く、太い。眉毛の形や太さが三好さんに似ているような気がした。体育の授業で着るような小豆色のジャージを着て、なぜだか袖と裾をまくり上げている。そこから伸びた腕や足は、驚くほど細い。彼女が私をじっと見ている。

「おねえさん」

私が答える暇もなく少女は言葉を続けた。瞳も髪の毛のように真っ黒だった。暗い洞穴をのぞき込んだときのように、光はない。

「東京に行ったことはある？」

いきなりの質問だった。利用者の家族と話してはいけないと言われているわけではない。けれど、この子の世話は私の仕事ではない。どう答えようか、と迷っている私を少女が凝視している。

「私、東京に行きたいの。おねえさん連れて行ってくれない？　車に乗れるんでしょう？」

少女が口を開くたび、喉元に刃物の切っ先を突きつけられているような気分になる。

私は一度、深呼吸をした。

「それは、私の仕事ではないからできない。私はあなたの友だちでもないし」

「じゃあ、私と友だちになって。私には友だちが一人もいないの」

少女の言葉は逼迫(ひっぱく)した空気を孕(はら)んでいた。

「仕事の規則で、この家のなかではあなたの面倒をみることはできない」

「面倒みてって言ってない。話を聞いてくれるだけでいいから」

やっかいごとが転がり込んできたと思った。今、目の前で起こっていることは、会社のチーフに相談しないといけない案件だ。訪問介護の世界ではよくあることだ。介護する人間以外とのトラブル。施設でもそんなトラブルは珍しいことではなかった。けれど、誰かの上に立つ人間として働いたことはないから、私はそんなトラブルをバスケットボールをパスするように自分の上の人間にただ渡せばよかった。そこまで考えて、少女が語りかけてきたことを、すぐにトラブルと判断してしまっている自分に気づいて、心のどこかがきしむ。

「何も答えなくていい。私の話を聞いていて」

話を聞くくらいなら。なぜ、私がそのときそんなふうに思ったのか。たぶん、少女と同じように、私にも友だちのような存在がいないせいだ。私の介護する手を求めている人はいるが、私自身の話を聞いてくれる人はいない。いや、少女に自分の話などする気はなかった。私がこの少女の話を聞いてみたいと思ったのは、私もこの部屋のなかで気が紛れる何かを求めていたからだ。

「返事はできない」

「だから、聞いていてくれるだけでいいの。おばあちゃんの世話をしているだけじゃ、おねえさんも退屈でしょう」

まるで駄々をこねているようだ。仕事をすることの真剣さとか、それでお金をもらうことの重みをこの子はまるでわかっていない。この件を上司に相談するかどうか、私のなかは揺れていた。

「私は愛美璃（あみり）というの。愛という字に、美しいに瑠璃（るり）の璃。変な名前でしょう。それが始まりだったの。小学校の五年生くらいからいじめられて、中学に入ってもいじめられてる。だから、学校に行きたくないの。学校に行っていないことは、おかあさんは知ってる。だけど、おとうさんは知らない。おかあさんが言わないから」

戸惑う私にかまうことなく愛美璃は言葉を続けた。

「おねえさんは東京に行ったことがある？」

質問の形をとれば私は答えなければいけないことになる。私は迷いながら黙っていた。子どもの頃、行ったことはあるはずだが記憶にはない。覚えているのは、海斗に車に乗せられ、宮澤さんの事務所に行ったことだ。

「私は東京に行きたいの。この町は嫌い」

「大嫌い」と愛美璃は言葉を続けた。

「何もないもの」

そう言うと、腕を伸ばし、ダイニングテーブルの縁(へり)に指で触れた。

東京には宮澤さんの奥さんがいるはずだ。初めて宮澤さんに会ったとき、私を取材したのは、宮澤さんの奥さんだった。いっしょに住んでいたけれど今はいない、と、いつか私の家で宮澤さんは言った。けれど、離婚したのかどうかは聞いていない。海斗と東京に向かったとき、東京の上空を覆っていたねずみ色のドームのような霞(かすみ)を思い出した。その汚れた霞の下で奥さんは何をしているのか。

隣の部屋から三好さんのうめくような声が聞こえた。私は慌てて立ち上がる。三好さんが体を横向きにして、何かをつぶやいている。私はその背中をさすった。ストローの差し込まれたコップで水を与える。半分眠ってはいるけれど、唇にストローが触れると、三好さんは水を勢いよく吸い込み、深く息を吐いた。熱があるようではない。少し様子を見ていると、また、眠り始めた。私は足元の布団をめくっておむつを替えた。おむつには大量の便があふれそうになっていた。たぶん、いきんだときの声だったのだろう。

「おねえさんみたいな仕事、私は絶対にしたくない」

振り返ると、部屋の入り口に愛美璃が立っていた。

「おばあちゃん、早く死ねばいいのに」

そういう言葉を聞いたことがないわけではない。施設で働いているときだって、家族に面と向かってそういう言葉を放つ人を何度も見てきた。私だって仕事をしながらそう思ったことはある。けれど、介護の仕事に携わる時間が長くなるほど、生の終わりの決定権を誰一人持っていないことを思い知らされる。介護をされている三好さん自身にもその権利はない。自分の仕事は、死を看取るのではなく、死までの長い時間にほんの少し寄り添うことだけだ。愛美璃だけでなく、この仕事があまり人に好まれるものではないこともわかっている。けれど、自分にできることはこれしかない。これで食べていくしかない。老いて死に向かっていく人の面倒をみること。それをして、私は自分の生を持続させている。いつ終わるのか私自身にもまったくわからない生を。

「人はいつか死ぬのになんで生まれてくるの?」

愛美璃の無邪気な問いに私は答えを持っていない。

仕事を終え、ショッピングモールの駐車場に停めた車に乗り込もうとしたときだった。

目の前を見覚えのある一台の車が通り過ぎた。車の横にはでかでかと、宮澤さんが勤める会社の社名が書かれている。私が車を停めていた場所よりもさらに入り口近くにその車は停まった。ドアが開き、宮澤さんが出てくるのが見えた。隣のドアから、もう一人誰かが出てきた。ゆらりと茶色い髪の毛が揺れる。その顔には見覚えがあった。私に取材した宮澤さんの奥さんだった。私は車のなかから二人を見た。宮澤さんは険しい顔をして歩き出す。そのあとを奥さんがついて行く。なぜ、今、あの人がここに。

ショッピングモールに向かって行く二人を目で追い、二人がその巨大な建物に吸い込まれるように消えるのを見届けてから、私はエンジンをかけた。自分の呼吸が荒くなっていることに気づかないふりをして。

部屋の照明をつけたくはなかった。キッチンの床に買ってきた食材の入った袋を置くと、私は洗面所に向かった。石けんを泡立て、できるだけ丁寧に時間をかけて手を洗った。顔を上げる。ほつれた前髪が頬に触れた。黒い鏡に自分の目の光だけが鈍い光を放っている。海に行ったとき、宮澤さんはずいぶんと歳をとったと思った。それは自分も同じだった。この町に来る前、宮澤さんといっしょに暮らせると喜んでいた自分はもうどこにもいなかった。自分のどこかがじくじくと膿んで、薄い皮一枚の内側はどろりとした液体が今にもはちきれそうになっている。

この町にも、宮澤さんにも、宮澤さんとのセックスにも、今の生活にも、心を動かされないことなど、もうずっと前から気づいていた。宮澤さんといるのに寂しい、と何度も思ったはずなのに、今の生活を怠惰に続けることを私は選んだ。何食わぬ顔で、私は日々の暮らしを続けた。

「この町は嫌い」「大嫌い」「何もないもの」

愛美璃が自分の代わりにそう言った気がした。

宮澤さんの帰りはずっと遅い時間になるだろう、という気がした。そして、それは実際のところそうだった。

宮澤さんが会社を無断欠勤している、という電話がかかってきたのは、それから一週間後のことだった。三日前から宮澤さんはこの部屋に帰っていなかった。私は布団のなかで宮澤さんの帰りを待ち、眠りに落ちそうになると、かすかな物音で目を覚ました。けれど、玄関のドアが開かれることはなかった。浅い夢のなかで、富士山は何度でも現れた。今日、夢に富士山が出てきたの。そんなことを話せる宮澤さんはいなかった。そんなことを話せる宮澤さんではなかった。よく知らないこの町で、私はずっと一人だった。

住宅街を抜け、橋を渡り、保育園まで、梅田さんといつもの道を散歩していた。

その日の散歩は昼食前だったせいで、園庭にはカラフルな帽子をかぶった園児たちが声をあげて走り回っていた。梅田さんは子ども好きなのか、声をかけなければ、いつまでも園庭を眺めている。私は梅田さんの体を支えるようにして立ち、見るともなしに園庭を見ていた。子どもたちは一瞬たりとも止まっていない。まるで止まってしまったら死んでしまうかのようだ。彼らの興味は次々にうつり、園庭に存在するあらゆる物に触れ、撫で、声を出し、まるで蟻が交信しあうように隣にいる子どもに言葉にはならない声をかけ、時には、けんかになった。臆せず、誰かとぶつかりあった。そうすることなど、何も怖くはないように。

「あの子たちもいつかみんな」

梅田さんはそう言って片頬をあげて笑い、フェンスに額を押しつけた。顔が少し紅潮しているようにも見えた。熱でもあるのだろうか、そう思って額に手を伸ばしたとき、梅田さんの体から力が抜け、突然崩れ落ちた。

私が携帯で救急車を呼んでいる間、梅田さんの命はもうなかった。

救急病院に東京から駆けつけた梅田さんの息子さんは、霊安室に寝かされた梅田さんの顔を見ると、声をあげて泣いた。私の顔を認めると、

「いつかは私もあの家に帰るつもりでした」

そう言ってまた泣いた。

「ああ、おうち、ね。私のおうちへ。ええ、帰りましょう」

いつかそう言った梅田さんの声色とそっくりだった。私も私のおうちへ帰ろうか。そう思い始めたのは、息子さんのその言葉を聞いたせいかもしれなかった。

宮澤さんは梅田さんの葬儀が終わってから半月後の夜、アパートに帰ってきた。それまではメールにもＬＩＮＥにも返信はなかった。宮澤さんはもうスーツ姿ではなかった。髪も伸び、初めて会ったときのように、東京の人の気配を再びまとっていた。

「もう一度、やりなおしてみたい」

そう言って、宮澤さんは私に頭を下げ、テーブルの上に、アパートの鍵をそっと置いた。

それが私との関係なのか、東京での仕事なのか、別れた奥さんのことなのか、宮澤さんは最後まで口にしなかった。けれど、私との関係ではないことだけはわかった。宮澤さんにも嫌われたこの町に私は少しだけ同情した。私の心は驚くほど静かだった。どうしてそんなふうに、自分の心が冷めてしまったのか、自分でも不可解だった。この部屋は宮澤さんのおうちにはなれなかった。それは自分にとっても同じことだった。私のおうちもここではなかったのだ。

梅田さんが亡くなったあとも、三好さんの家には通い続けていた。私が三好さんの家に行く日、愛美璃はいつも家にいた。愛美璃のことは結局、上司には伝えないままでいた。愛美璃が私の前に姿を現すこともあったし、現さないこともあった。その日に言いたいことだけ言うと、愛美璃はマンションのどこかへ消えてしまう。けれど、学校にはいまだに行っていないようだった。それを愛美璃の両親に伝えることは私の仕事ではない。三好さんの家に通う最後の日、私は愛美璃に初めて話をした。

「私がここに来るのは今日が最後なの」

そう言うと、愛美璃の目にみるみるうちに涙がたまり、こらえきれなくなったそれは、細い顎から床に落ちた。その日、三好さんの介護をする私のそばに愛美璃はまとわりついていた。いつもは三好さんのおむつを替えている最中には絶対に近づいてこない愛美璃が私の腕をとって言った。

「おねえさん、東京に連れて行って。連れて行ってくれないと、私、おばあちゃんの首しめて殺しちゃうから。それか自殺する。ここから飛び降りる」

愛美璃はつかんだ私の腕にさらに力をこめる。

「何、馬鹿なこと」と言いかけて思った。あの町に戻る前に一度、東京に行ってみてもいいじゃないか、なんて。宮澤さんが帰って行った東京の町を、この町から去る前に見ておきたいと思った。区切りではなく、未練のような感情があることに自分でも驚いていた。

「必ず、私といっしょに行くと、ご両親に話せるのなら考えてもいい」

そう話して、次の日曜日に愛美璃を東京に連れて行くことを約束したのだった。

愛美璃が両親にどう伝えたのかわからないが、早朝、待ち合わせの場所に愛美璃は遅れずにやってきた。愛美璃に携帯を渡し、家に電話をするように促した。愛美璃が表情のない顔で携帯を私に渡す。愛美璃の母親が出た。眠っていたような声だった。それでも、私との約束を愛美璃は守ったようだった。夜になる前には必ず、家に送り届けます、そう言って電話を切った。高速を使って四時間もあれば東京に着けるだろうと思った。往復八時間。ゆっくりはしていられないが、愛美璃のいちばん行きたいらしい渋谷で過ごすだけならなんとかなるだろう。私は車のエンジンをかけた。

「畑しかない」

「なんて田舎なんだろう」

愛美璃は窓の外を流れる景色を見て一人つぶやき続けた。いつものようなジャージ姿ではなく、ミニスカートを穿いている。洗練されてはいないが、彼女なりのおしゃれなのだろう。独り言が急に静かになった、と思ったら、愛美璃は口を開けたまま寝ていた。寝ている愛美璃を横に、私は車を走らせ続けた。硬質な青色の空が、次第にくすんでくる。あの空の下が宮澤さんが暮らす場所なのだろう。

宮澤さんと寝るようになって私の体のどこかに新しい扉が開いていくような気がした。宮澤さんが東京に戻り、海斗と暮らしているときにも、私の気持ちは宮澤さんにあった。途切れていた連絡を自分からとるようになって、宮澤さんへの気持ちがさらに募った。宮澤さんも私と同じ気持ちでいると思っていた。

けれど、この町に来て生活に慣れることに必死で、日々何を感じ、何を考えているのか、私は宮澤さんに伝えることをしなかった。宮澤さんも聞きはしなかった。私も宮澤さんがいつか語ってくれるはずの言葉を待っていただけだった。まるで栗鼠（りす）の巣穴のような部屋のなかで、ともに暮らしているのに、私たちは背中合わせに立っていて、まるで違う方向を向いていた。

それでも、体を重ねるたび、快楽だけをむさぼることが上手になっていった。心はどこか遠くに置き去りになったまま。

宮澤さんがいつから奥さんと連絡をとり、会っていたのかわからないほど、私の心は宮澤さんから離れていた。防潮堤を見に行ったときだってわかっていたはずだ。宮澤さんがあの海を見ながら話したかったこと。波は静かに海の遠くからやってきて、私たちの生活を押し流していった。冷静に宮澤さんとの暮らしを辿れるほど、私の頭は落ち着いていた。けれど、ハンドルを握ったまま、なぜ、自分の視界が滲んでいくのか、私にはわからなかった。

迷いながらも渋谷の町に着き、愛美璃に誘導されるまま、私は雑踏のなかを歩いた。こんなにたくさんの人を見たのは生まれて初めてだった。愛美璃もそうだった。最初のうちは、ファッションビルのなかで迷子にならないように、その後ろ姿を追っていたのに、帰る頃には私の腕をつかんで放さない。坂の途中にあるファミレスで昼食をとる頃には、二人とも口がきけないほど疲れきっていた。食事の途中で、愛美璃が席を立ち、トイレに向かった。長いこと帰ってこない。やっと席に戻った愛美璃に、

「おなかでも痛くなった？　大丈夫？」

そう聞くと、

「生理が来ちゃった」と泣きそうな顔でつぶやいた。

私も生理用品を持っていなかったので、ファミレスを出て、道行く人にドラッグストアの場所を聞いた。駅前のコンビニでトイレを借りた愛美璃は「もう帰りたい」とだけ言って、まるで猫が甘えるように、小さな額を私の腕にこすりつけた。

帰る時間にはまだ早かったから、東京の町を少しだけ走ってみよう、と私は提案した。物憂げに愛美璃は頷く。後部座席にあったブランケットを愛美璃の体にかけ、私は東京のどこかを目指した。横断歩道を歩く人たちの顔を見た。宮澤さんに背格好の似ている人を見れば、その顔を凝視した。けれど、このたくさんの人のなかから、宮澤さんに出会うのは天文学的な確率だろう。

宮澤さんの事務所があった都庁のそばを走り抜けた。歩いて、事務所のあった場所まで行

ってみてもよかったのかもしれないが、愛美璃を車に残しておくのも、歩かせるのも不安だった。都庁は初めて見たときと同じように、まるでペーパークラフトのように現実感がない。橋の下をホームレスの老人が歩いていた。段ボールをドームのように重ねて、雨よけだろうか、いちばん上に青いシートをかぶせている。三月になったとはいえ、どんな冬をあの人は過ごしたのだろうか。あの町で、密室のなかで、丁寧に介護されている老人たちのことを思った。

最後に見ておきたいと思ったのは東京タワーだった。ビルの谷間から垣間見えるあれがそうかな、と思った頃にはもうそのすべてが視界に入っていた。

午後の早い時間だったから、灯りはついていなかった。

眠っていた愛美璃が口を開いた。

「おねえさん、私、アイドルになりたかったの」

過去形で語られる愛美璃の夢を初めてそのとき知った。

「でも、すぐに無理だとわかった。東京にはかわいい人が多すぎるもん」

そう言いながら瞼をこすった。

「アイドルになれば、いじめられないと思ったの」

赤信号で停まる。私は左腕を伸ばし、愛美璃の頭を撫でた。行きの車のなかで、買いたいものがたくさんある、とはしゃいでいた愛美璃はもういない。

「ほら、あれ、東京タワー」

私がそう言っても愛美璃は興味なさげに頷くだけだった。思ったよりも高くはない。けれど、なぜだか私には東京タワーが富士山のようにも思えた。あれがたぶん、東京の磁石だ。鮭が生まれた川に戻っていくように、宮澤さんは東京に戻っただけだ。

帰り着いたのは午後八時近かった。愛美璃の住むマンションの入り口で車を停めた。シートベルトを外そうとする愛美璃が小さな声で言った。

「ありがとうございました」

初めて聞く愛美璃の敬語だった。

「さようなら」私が言うと、愛美璃は車の外に出た。

「また東京に行く？」愛美璃が首を振る。うんざりしたような表情だった。

「東京よりも先に」愛美璃が体をくねらせる。

ミニスカートから伸びたまっすぐな足を交差させながら言う。

「明日は、とりあえず、学校に行く」

うん、と私は声を出さずに頷いて、エンジンをかけ、車を発進させた。角を曲がるときマンションのほうを振り返って見たが、愛美璃の姿はもうなかった。

仕事の引き継ぎを終え、宮澤さんと住んでいたアパートを引き払い、引っ越し荷物を送る準備を整えた頃には、もう三月の終わりになっていた。自分の生まれ育った町に車で向かった。書き割りのような富士山が見えてきた頃には、もう午後の遅い時間になっていた。住む場所が変わっても私のすることは変わらない。死に近づいていく人たちの世話をして、それを換金し、生きる糧を得ていく。それしか私にはできない。

駅前の大通りから一本外れた道を十分ほど走り、消防署の角を曲がって車一台がやっと通れるくらいの、舗装されていない細い山道を上がっていく。車のフロントガラスに、道の両脇に生えた木々の枝や葉が勢いよくぶつかってくる。山のなかはすでに春の気配に満ちていた。枯れていた枝や葉は、水分や土のなかの栄養や太陽の光を貪欲に吸収し、目指す方向に伸びていこうとする。

私がおじいちゃんと暮らした家が見えてきた。今にも朽ちてしまいそうな木造平屋建て。私が出て行ったときよりも家はさらに荒れ、草に埋もれ、今にも山と同化してしまいそうだった。壁に何本もの蔓が張り付いていた。車を停めて降りてみると、庭には名前のわからない雑草が伸びきったまま枯れ、その所々から、新しい芽が顔を出していた。私は自分の背丈ほどある草をかき分け、なんとか玄関に辿り着いた。鍵を差し込み、手こずりながらドアを開けた。照明のついていない部屋のなかは黒々と暗い。ただいま、と声に出して言ってみたが、それは私が老人たちに向かって放った言葉のように、部屋のどこかに吸い込まれていった。振り返ると、雲の間に隠れていた太陽が顔を出し私を照らした。荒れ放題の庭が黄金色に照らされていた。

「庭の草を」

「刈ってあげようか」

「っていうか、刈らせてもらえないかな」

そう言った宮澤さんはもういない。

私は時間をかけて庭をきれいにしようと思った。たった一人で。全身が太陽の光を吸収して、私のなかでひとつの力になっていくようだった。私はとてつもない自由を感じていた。ひとつ、恋が終わったというのに。

柘榴のメルクマール

ショッピングモールのフードコートは、水曜の夕暮れ時に近い時間だというのに、まるで週末のような人の多さだった。ここで供される食べ物は安価で、それほどおいしくもまずくもなく、冷凍品を温めるか、短時間で簡単な調理を施したものばかりだ。コンビニエンスストアで売っているものとそう変わりはない。糖質や油分ばかりで、味も濃い。自分もあまり食べたくはないし、もし自分に子どもがいたら食べさせたくはない、と思うだろう。けれど、隣のテーブルも、奥に続く目に入るテーブルも、赤ん坊や幼児を連れた母親ばかりだ。ここで夕食をすませてしまおう、ということか。どんなに簡単な食事でもいいから、こんなに埃っぽい場所ではなくて、家で手作りの物を食べさせてやりたいと思うのは、自分に子どもがなく、子育てもしたことがないからだろうか。

目の前にいる仁美（ひとみ）もたぶん、自分とそれほど変わらないことを考えているのだろう。泣きわめく子どもの口にレンゲでチャーハンを運ぶ一人の母親から目を離せないでいる。コーヒーの入ったマグカップを両手で持ち、肘（ひじ）をついて、横を向いている仁美の眉間に、かすかに皺が寄っているのが目に入る。

仁美が視線に気がついたのか、僕のほうを見た。

「いつまでこんなところにいる気？」

「さあ……」

ここでの正装は毛玉のついたフリースにクロックス、そうでなければ体形を隠すようなAラインのワンピース、サボ、ニットキャップ。フードコートで仁美の存在は明らかに浮いている。仁美がこのテーブルにコーヒーを運んできたとき、カシミアのロングコートを着て、ハイヒールの踵（かかと）を鳴らしながら歩いてきたその姿をちらちらと目で追う女も少なくなかった。

「会社、また始められるのよ。借金も何もかもきれいにしたの。私の父が全部ケリをつけた。仕事も来ている。スタッフも新しく雇った。あとはあなたが帰ってくるだけ」

仁美はそう言い、砂糖もミルクも入っていないコーヒーにスプーンを突っ込み、くるくると回した。仁美がこの町に来るのは三度目だ。

四年前、東京からここに来た。僕はこの町に来たことを隠すつもりもなかったし、失踪などというふうに思われたくはなかったから、フェイスブックにもそのことを書いた。それを見て、まず僕のところにやってきたのは別居中の妻、仁美だった。仁美がくり返し聞いたのは、なぜわざわざ生活の拠点をこの町に移し、デザイナーではなく、コピー機器の営業という仕事を僕がしているかということだった。

「東京から離れて、今までまったくやったことのないことをしたかった」

とても素直に自分の気持ちを伝えたつもりだったけれど、仁美は納得しなかった。

「私のことが嫌いになったの？」

僕は黙っていた。誰かを嫌い、という強い感情が持てるほど、好きという方向に針が振れたことなど僕にはないのだ。

僕のことを誰も知らない人ばかりの町で生活をしてみたかった。

それは日奈のいた、富士山の見えるあの町でもいいのかもしれなかったが、日奈だけでなく、あの介護福祉専門学校の取材で出会った海斗、生徒や卒業生、先生たちのいる町だ。狭い町のどこで顔を合わすかもわからない。どこかで偶然に日奈に会いたくはなかった。

この町に来てしばらくあと、日奈がここにやってきたのは予想外のことだった。僕のアパートに日奈が転がり込んできたことはすぐに仁美に伝わっていた。仁美自身か、もしくは仁美の親が、探偵か何かを使って僕の生活を調べあげたのだろう。

「若い女がそんなにいいの。こんな田舎にいつまでこうしているつもり？」

のらりくらりと自分の質問から逃れる僕に仁美の声が大きくなる。

近くのテーブルで眠っている赤ん坊を抱えた母親がちらりと僕らを見る。僕と仁美の会話を一言も聞き漏らさないとでもいうように、耳をこちらに向ける。

仁美に返す言葉を僕は持っていない。そういう自分の態度が今までの人生で何人の人間を傷つけてきたのだろうと思いながらも、僕はもう絶対に変わることなどないだろう、ということだけわかっている。空調が利き過ぎて、しかも空気の流れないフードコートの硬いプラスチックの椅子に座りながら、日奈と出会った町にあったフードコートもまったく同じ空気が流れていたことを思い出す。弛緩したこんな風景が、いくつこの国にあるのかと思うと、確かに仁美が言うように、僕が向かう町はここじゃなくてもよかったのかもしれない。けれど、東京からなるべく離れた場所に僕は行ってみたかったのだ。

僕は港区で生まれ育った。僕の父の両親も、僕の母の両親も東京生まれ、東京育ちだ。だから、僕は幼い頃、日本には東京のような場所しかないのだと思い込んでいた。いや、幼い頃ではない。かなり大きくなるまでそう思っていた。

僕の父は美容整形外科医だ。母は結婚前も、結婚後も仕事をしたことがない。僕には兄弟はいない。一人っ子だ。父の病院は東京だけでなく、北海道、東北、関西、九州の都市にあったから、日々、飛行機に乗って全国を駆け回っていた。母は専業主婦だったはずなのに、あまり家にいることはなかった。物心ついた頃から家には三船さんという家政婦さんがいて、僕は彼女に面倒をみてもらっていた。

幼稚園の頃、朝は三船さんの作った朝食を食べて登校し、昼は三船さんの作った弁当を食べ、夜も三船さんに見守られながら夕食をとった。その日、幼稚園であった話を聞いてくれるのは三船さんで、お風呂だけは一人で入ったが、ベッドのなかで僕が眠るまで絵本を読んでくれたのも三船さんだった。

僕が眠る時間になっても母は帰ってこないことが多かった。三船さんは僕が眠ったのを確かめると部屋を出て行ったが、僕は寝たふりをすることも多かった。三船さんの足音が遠くなると、僕はベッドから出て、寝室の窓に近づいた。閉められたカーテンに頭を突っ込み、窓の外を見た。家のまわりに高いマンションやビルはなかったので、そこからは東京タワーの半分が見えた。オレンジ色の飴細工（あめざいく）のような東京タワーの光が好きだった。その光の近くになぜだか母がいるような気がした。

母は幼い僕から見てもきれいな人だった。赤い口紅、赤いネイル、タイトスカートから伸びる細い足、ピンヒール、香水、肩のあたりでくるりとカールした髪。女の子が持っているバービー人形のようだった。朝、母と顔を合わすことはほとんどなかったが、時々は朝食のテーブルに座っていることもあった。そういうときの母はひどく不機嫌でこめかみを押さえ、かすかにお酒のにおいのする息をしていた。ふわふわのぬいぐるみやカラフルな絵本、いい香りのするブランケットや、真っ白な幼稚園の制服の丸襟。その頃の僕を取り巻く、甘い、安全な世界とは真反対の世界に母は住んでいた。

そういう母と東京タワーの灯りはどこか似ていた。いつか消えてしまうのではないか、そう僕に思わせるところも似ていた。しばらくの間、その灯りを見ていると僕の心は次第に落ち着いてきて、再びベッドに戻った。冷たい足が毛布のなかで温まってくると自然に眠気がやってくる。眠りに落ちる寸前にはいつも、家のどこかから、父と三船さんが話す声が聞こえてきたような気がした。

三船さんは母よりもかなり年上だったと思うが、正確な年齢はわからない。母もそうだった。母は実際の年齢よりかなり若く見られていたけれど、それは父が定期的に母の顔に施術を行っていたからだ。三船さんにしてもそうだった。母と三船さんは、どこか似た顔をしていた。高校生のとき、深夜に酔っぱらって帰宅した父が僕に言ったことがある。母はその夜もどこかに出かけていていなかった。父が廊下やリビングに次々に脱いでいく上着や靴下を、三船さんが父の後ろで拾って歩いていた。

「初めて好きになった女の顔になっちゃうんだよなあ。俺がメスを入れると。それくらい初めての女ってのは印象深いもんなんだ。おまえには好きな女がいるのか？」

と酒臭い息を吹きかけ体をふらつかせながら僕に言った。

「いない」

「おまえ、まだ童貞か？」

そのとおりだが黙っていた。

ふん、と言いながら父が何か考えるような顔をしている。

「恥かかないように俺がなんとかしてやる」

その言葉の意味を僕がはっきりと知ることになったのは、その次の週末のことだった。父に言われ、とあるホテルの一室に出向いた。僕は十六歳で、あと一週間で夏休みが終わろうとしていた。まだ完全に日が暮れきってはいない時間帯だったが、部屋の窓には紗のブラインドが下ろされ、ベッド下の間接照明だけが灯っていた。ベッドの上には、僕とそれほど年齢の変わらなそうな女の子がキャミソール姿で枕に頭をもたせかけ、こちらを見ていた。その顔は、母や三船さんとどこか似ていた。

僕がドアの前で立ち尽くしていると、女の子はベッドの上に膝をついてキャミソールと下着をするりと脱いだ。胸のふくらみと腰の細さが奇妙に感じられた。目の前の少女が僕と同じくらいの年齢なら、あまりに胸が豊満すぎるし、お尻の大きさに対してウエストが細すぎる。体にも父のメスが入っているのだろうか。人間の体に本来あるようなアンバランスさを、きれいに補正したようなバランスの良さがいっそう人工的に感じられる。

「いつでもどうぞ」

そう言って少女は両脚を開いた。どのタイミングで服を脱げばいいのかすらわからなかったから、僕はその場で服と靴を脱ぎ、床の上に置いた。ベッドに近づいた僕の体はこれから起こることへの恐怖で震えていた。僕は少女の体にのしかかった。くちづけもせずに、まるで林檎を齧るように少女の胸に歯を立てた。いたっ、と少女が声をあげ、僕の顔を見て笑った。薄暗闇のなかだが、自分とそれほど年齢が変わらないのでは、という最初の印象はどこかに消えた。少女ではない。この女の人は自分よりもずっと年上だろうと思った。

父が彼女の顔か体にメスを入れたのなら、どこかにその痕跡があるはずだ。彼女の体に触れながら、僕はそれを探したが、どこにも見つからなかった。開かれた両脚の間だけがまるで大きな傷のように赤かった。顔を近づけ、それを見た。いつか祖母の庭で見た弾(はじ)けた柘榴(ざくろ)のような赤がそこにあった。

初めてのセックスがうまくいったとは言えない。僕はまごつき、手間取った。それでも彼女は僕がすることを待ち、まるで僕が大きな喜びを与えているかのように声をあげた。今思えば、それすらも父が頼んだことなのかもしれなかった。

そのあとも、彼女とはホテルで数度会った。二度目以降は彼女が日時を指定した。二学期が始まっていたから、僕は学校帰りに制服でホテルの高層階に行き、部屋で彼女と寝た。

連絡がつかなくなったのは、本格的な冬がやってくる前のことだった。僕はぼんやりと駅のホームで電車を待っていた。ホームの向こうに化粧品の大きな広告があった。アップになっているその顔が彼女だと気がついたとき、ホームに電車が滑り込んできて視界を塞いだ。

その日以来、テレビや雑誌やＣＭで彼女の顔を見た。僕と同じ年齢の高校生タレント、ということになっていたが、そんなわけはないだろう、と僕は思った。彼女の顔は僕が会っていたときよりも、さらに幼くなっているように見えた。その顔をテレビで見ない日はなかったし、週刊誌でグラビアを見ない日はなかった。クラスメートにも彼女のファンはいて、放課後に水着写真を見ながら話が盛り上がることもあった。

「すげえおっぱい」と同級生の一人が興奮しながら言ったとき、

「にせものだよそれ」と思わず言ってしまったことがあった。

「んなわけないでしょー」

同級生は怒りながら笑っていたが、そんなわけはあるのだ。父は彼女に限らず、自分が手がけたタレントや女優がテレビに映ると、

「ああ、もうメンテしないとだめだなこりゃ」

「もうちょい鼻筋が高くてもよかった」などとひとりごちていた。

芸能界の内情を聞くようで気持ちがいい話ではなかったし、自分の生活が、そういう父の仕事で成り立っているとはあまり考えたくはなかった。

彼女と寝たあと、大学に内部進学するまで、僕は三人の女の子と寝た。確かに父の言うよ

うに、あらかじめ彼女と寝ていた体験は役に立ったのかもしれなかった。セックスのあとに腕枕をするくらいの余裕を、最初のガールフレンドと寝たときから僕は持てたのだから。よっぽどのことをしなければ、エスカレーター式に大学まで上がれたので、僕には受験の苦労もなかった。高校三年になっても僕は変わらず同級生と遊び、新しい彼女ができれば、その子とセックスをした。

僕が初めて寝た彼女が、所属していた芸能プロダクションのビルの屋上から飛び降りたというニュースが流れたのは、年明け、東京がいちばん冷え込んだ日で、夜中に降った雪が雨で溶け、翌朝には路面を固く氷らせていた。

高校の門の前は緩い坂道になっていたので、皆が皆、革靴で滑らないように歩いていた。そろりそろりと、足を運びながら、皆の口にのぼるのは、その日の朝に流れた彼女のニュースだった。

翌々日に発売された写真週刊誌には路上に横たわる彼女の姿が掲載されていた。僕は見ないつもりでいたが、クラスの誰かが持ち込んだその雑誌が授業中に回されてきた。すぐに閉じて隣に回すつもりでいたのに、目は折り目がつけられたそのページを凝視していた。モノクロだからよくわからないが、路上にうつぶせになった彼女の頭部はぐしゃりとつぶれ、割れた部分から、彼女の体の一部だったものや黒く写った血液らしきものが流れていた。すっぱいものがこみ上げてきて、僕は慌ててページを閉じ、隣の席に放り投げた。高いところから道路めがけて果物をぶつけたみたいだった。

昼になっても食欲は湧かず、僕は屋上に続く階段に座り、昼休みをやり過ごしていた。思い出すのは、彼女の豊満すぎる胸でも、母や三船さんに似ている顔でもなく、最初の夜に見た、彼女の両脚の間の亀裂だった。それ以外の新しい亀裂を彼女はたくさんの人に見せた。高いビルから飛び降りることで、彼女は両脚の間以外の場所に亀裂を作りたかったのではないか。階下から生徒たちの嬌声が響いてくる。

もうすでに彼女は裂けていたのだから。そして、彼女は仕事をするために（生きるために）自分の顔や体を裂いたのだから、無理に新しい傷を作る必要はなかったのではないか。けれど、そうせざるを得ない理由が彼女にはあったのだ。僕には一生わからない理由が。

その日から彼女の名前がどこからか聞こえてくるたび、僕は世界の不可解さに脅え、眠りに落ちる前にほんの少し泣いた。

彼女が死んでからしばらくの間は、彼女の名前を聞かない日はなかった。

年上の俳優と不倫をしていたとか、妊娠していたとか、仕事がうまくいかなかったとか、彼女が死んだ理由を訳知り顔でさまざまな人が語った。そんな人たちの顔を見ているうちに、あの日感じた吐き気が蘇ってきた。それが僕の、人間らしさの、最後の分岐点だったのかもしれなかった。彼女がいなくなったことに対して僕のなかに生まれるものは、怒りとか、悲しみとか、そんな単色の感情ではない。けれど、たくさんの人ははっきりとした鮮やかな色や強い言葉で、世界を読み解こうとする。それが恐怖だった。

そして、彼女の死体写真を多くの手が欲する世界におののいた。自分を取り巻く世界の残酷さと不可解さが深まるにつれ、僕は世界からそっと距離を置くようになった。その出来事が起こってから、ポーカーフェイスという言葉が、誰かが僕を紹介するときについてまわるようになった。

皆が進学したから大学に進んだだけで、何か勉強したいことがあったわけでもない。けれど、父のように医者になるには頭が足りなかった。大学で美術を学んだわけではない。在学中に友人のイベントのフライヤーをパソコンで作り始めたのが、そもそもの始まりだった。自分が作ったものに誰かが値段をつけ、その対価を僕に払ってくれる、そのやりとりのわかりやすさが愉快だった。

同じ学部の仁美とつきあい出したのは大学三年の頃で、皆が就職活動を始めた頃には、二人で会社を始める、ということがなし崩し的に決まりつつあった。仁美も僕と同じように幼稚園からこの学校に通う内部進学者で、日本橋にある老舗の文具メーカーの一人娘だった。双方の親も、僕が起業すること、仁美といずれは結婚することを疑っていなかったし、僕自身がそう決める前から、そういうことになっていた。

仁美に限らず、つきあう女性のどこを好きになったのか？　と聞かれたら僕はうまく答えることができない。気がつくとそういうふうになっている。僕のこうした態度が時にたくさんの人を不愉快にすることは自分でもわかっている。仁美とつきあう前のことだが、この性格のせいで、僕のことをめぐって二人の女性が争ったこともある。けれど、目の前で女性が大声で罵（ののし）りあっていても（多くの場合、こういうとき二人の女性は僕を責めずに相手を責める。それが不思議でもあった）、何をそんなにむきになっているのだろう、と僕はぼんやりと思っていた。

僕が社長でデザイナー、仁美が副社長でライター、それ以外のスタッフを含めて、常に十人弱の小さな会社だったが、好景気に支えられ学生時代の友人のつてもあり仕事は途切れることがなかった。いちばんの収入源は父の病院の宣伝媒体だった。それは経営状態が危うくなるまで、会社を支える屋台骨になっていた。

在学中から仁美と僕は、仁美の親が持っていたマンションで共に生活を始めた。仁美も一人っ子だ。誰かと暮らしていても、一日のなかに一人だけになれる時間がないと息ができなくなる。そういうことを言葉にしなくても仁美には感覚的にわかってもらえる楽さがあった。そうでなくても、会社で一日顔を合わせていることも多い。一人になる時間は絶対に僕と仁美が死守しなければいけないことだった。結婚をしても、僕は仁美との間に一定の距離を保っていた。僕たち二人の位置関係は太陽と月のようだった。

仕事が終わって、同じマンションに帰っても、僕らはそれぞれの部屋で一人の時間を過ごし、自分を回復させてからでないと、相手に向き合うことができなかった。

僕は仁美に、いわゆる妻のような役割を求めなかった。仁美の親が頼んで一日おきにマンションにやってくる家政婦さんの役割も大きかったと思うが、妻である仁美が家事にまったく手をつけなかったとしても、僕はそれについて文句を言うことはなかっただろう。仁美が酒のにおいをさせて深夜に帰ってきても、それに対して怒ったり、不機嫌になったりすることもなかった。結婚前から、仁美には僕以外の男の影があったし、仁美ほどではないにしても僕も同じようなものだった。仕事で出会った人間と男女の関係になったとしても、お互いを責めなかった。仕事が増えていくにつれ、僕は共同経営者としての仁美を信頼しきっていた。

たいていの男が女性に求める「大丈夫？」と常に心配されるようなべたついた母性を僕は必要としなかった。三船さんは、家事や子育てにまつわるケアのプロだった。三船さんは愛情を持って接してはくれたが、ある一線を踏み越えてくることはなかった。母は母で、最初から貞淑な妻や温和な母親という役割を放棄し、自らの美しさを保ち、享楽をむさぼることをいちばんに考えている人だった。生育歴がすべてではないし、その二人だけが僕の女性観に強い影響を与えたのだ、とは言いきれないが、僕が女性に求める鋳型の原型をこの二人が作ったことは間違いない。

仕事にも結婚生活にも大きなトラブルは起こらず、凪の状態が続いていた。そういう生活がずっと続いていくのだと思っていた。

最初に陰りを見せたのは仁美の家だった。売れない不動産と借金にまみれた仁美の父親の会社の存続が危うくなった。僕の父が複数の患者から訴えられたのも同じ頃だった。高額な裁判費用、同業他社との競争激化による大幅な収入減。双方の親の経済事情は、僕と仁美の会社に大きな打撃を加えた。

それ以前に、仕事そのものが激減していった。この仕事はいったいいつ終わるのだろう？　という以前のようなストレスではなく、この仕事の次はないかもしれない、という恐れが生まれた。それでも、僕と仁美は自分が立ち上げた会社をなんとか存続させたいと願っていた。二人とも自分の会社でしか働いたことがない。今更、頭を下げてどこかの会社に潜り込み、慣れない仕事をする勇気はなかった。

僕は大学の同級生のつてを頼って仕事を求め、スタッフを減らし、オフィスを最終的には新宿のはずれにある雑居ビルにうつしてまで会社を存続させようとした。僕と仁美にとっては、会社が二人の子どものようなものなのかもしれなかった。

僕と仁美が住むマンションも変わった。オフィスのそばにある中野の2DKのマンション。そんなに狭くて古い部屋に、僕と仁美は住んだことがなかった。一人にひとつの個室すらない。そのマンションには小さな子どもがいる世帯が多く、夜になると壁ごしに赤ん坊の泣き声が聞こえることもあった。

「まさか隣の部屋から聞こえてくるの？」

仁美がその声を聞いて笑った。僕と仁美には壁の薄さを嘆くのではなくおもしろがれる余裕が、まだその頃にはあった。

けれど一年が過ぎ、二年が過ぎても、仕事の量は増えず、むしろ前年より減っていくばかりだった。僕の父の病院でも大幅な経費削減が行われ、以前のような大口の仕事の発注主ではなくなっていた。ゼロの数が二つ三つ少ないのでは？　と思うような仕事をかき集めた。

けれど、会社はもうだめだ、と思うことがあっても、まるで誰かが救いの手をさしのべるように仕事が入ってくる。本来なら喜ぶべきことなのに、僕はそのことにかすかにいらだちを感じていた。足のつかないプールで、溺れそうでなかなか溺れないような日々が続いた。毎回同じような仕事をくり返していることにも飽き飽きしていた。ふいに何もかも全部ゼロにしてみたいという気持ちが噴き出していた。

正直なところ、僕は生まれてから一度も金に困ったことがない。金のない生活というのがリアルに想像できなかった。それでも、僕の人生から少しずつ金が減っていっている、というのは事実だった。金のなさが、住む場所だけでなく、僕と仁美の生活を少しずつ変えていった。年に最低でも二回は行っていた海外旅行に行かなくなった。買い物とクラブ遊びに耽溺していた仁美が家にいる時間が長くなった。仁美は料理に凝るようになり、ブランドもののバッグの代わりに調理器具が増えていった。週末は仁美の作った料理を食べ、レンタルのＤＶＤを見た。それがその頃の僕らに見合った生活だった。仁美は案外そんな生活に満足しているようだった。

息が詰まりそうになっていたのは僕のほうだった。会社でも家でも仁美と顔を合わせていることに耐えられなかった。幼い頃、母はずっと家にいなかった。三船さんは僕とは血のつながらない他人だ。仁美とは血のつながりはないが、妻である仁美の存在は、母よりも三船さんよりも僕に重くのしかかっていた。その仁美と狭いマンションに閉じ込められている。

仕事が終わると、家に帰らず、仕事で出会ったスタイリストの女の家に通いつめたこともある。仁美はすぐに女の家の場所を突き止め、怒鳴り込んできた。なぜそれほどまでに僕という人間に執着するのか。一定の距離を保ってほしい。それが僕の気持ちのすべてだった。

理解されるとは思わなかったが、仁美に気持ちを伝えると、

「子どもが欲しいの。家族になりたいの」と泣きながらそう言った。

自分の子どもなんて僕にとっては恐怖でしかなかった。自分のDNAを継いだ生き物をこの世に残したくはなかった。もし自分に娘が生まれたら。その子は思春期になったらきっと高いビルから飛び降りるだろう、なぜだかそう思った。この世界のどこかにはきっと、生きる喜びのようなものがどくどくと湧き出してくる亀裂があるのだろう。けれど、自分にはそれが見えないし、手に取ることもできない。見つけようとする勇気もなかった。

子どもが欲しい、家族になりたいと僕に告げる仁美のほうが人として成熟に向かっているのだろう、とも思った。そんな仁美と向き合うのが怖かった。それでも僕は仁美と別れるという決意もしないまま、目の前の小さな仕事をひとつずつ片付けていった。どこかに逃げ出したい気持ちを抱えたまま、日常に埋もれていった。自分の気持ちの有り様は、もしかして、かなり絶望と呼ばれるものに近いのかもしれないと思った。ここが自分の人生の底なのだろうと思ったし、生きることにうんざりしてもいた。何を見ても、誰と会っても、自分の気持

ちの温度は低いままだった。たぶん、死ぬまでそうだろう、という気がした。

あの町で日奈に会うまでは。


地方都市に住む介護士の若者と話すなんて、日奈の卒業した介護福祉専門学校のパンフレットを作る仕事を受けなければ、一生自分の人生に起こるはずはなかった。それは本来、混じりあうことのないふたつの水の流れだからだ。ライターとして立ち会った仁美は、

「趣味とかある？」

「好きなテレビとか？」

「旅行とか行ったりしないの？」

卒業生たちに矢継ぎ早に質問を浴びせかけていた。上手にいらだちを隠しているつもりでも、その顔には「いったい何が楽しくて生きているの？」とはっきり書かれていた。長い取材と撮影を終えたあと、彼らがよく行くというショッピングモールに、スタッフ全員で立ち寄った。そこで軽く休憩をしてから東京に戻る予定だった。東京のいたるところにあるカフェがそこにもあった。ラテを口にし、唇の上についた泡立ったミルクを紙ナプキンで拭いながら仁美が言った。

「介護士なんて仕事、私には絶対にできない」

僕は頷きはしなかったが、それは仁美だけでなく、僕を含め、そのとき取材と撮影に立ち会った人間全員の意見でもあった。

日奈たちに直接聞いたわけではないが、先生の取材中に、介護士としての年収も確認してあった。仁美はその数字を聞いてノートに書き留めた。ノートを手で斜めにしていたので、先生からは見えなかったが、仁美はその数字のそばに、絶対に無理！　と書き添え、それを○でぐるぐると囲み、隣に座っている僕だけに見えるように、ノートを傾けた。確かにその数字は、その頃、仁美と住んでいたマンションと事務所の家賃の一年分くらいの金額だった。

介護士の仕事は、話を聞けば聞くほど過酷だった。決してきれいな仕事でもない。その仕事に自分よりもはるかに若い人間が従事していることも、その仕事に就きたいと思っている若い人間がいることも、正直なところ不可解だった。

「なんで介護士になりたいと思ったの？」という質問に、海斗という介護士はこう答えた。

「この町で暮らしていくなら絶対に食いっぱぐれないから」

あんたたちにいったい何がわかるんだよ、と今にも殴りかかってきそうな、あのときの海斗の視線を忘れることはできない。海斗にしてみれば、僕や仁美や、カメラマンやヘアメイクの人間は、東京から来たちゃらちゃらした奴らに見えたはずだ。海斗の視線の意味も今ならよくわかる。実際のところそうなのだから。世の中には、生まれたときからツキに（金と言い換えてもいい）恵まれた人間と、そうでない人間がいて、僕や仁美が前者であることに海斗はいらだちを隠さなかっただけだ。

もし会社がつぶれたら。その頃、そういう考えは常に僕の頭を離れなかったけれど、つぶれてしまったらしまったで、自分の人生はなんとかなるだろう、という確信のようなものがあった。すでに僕の父は医師を廃業していて、以前のように羽振りはよくなかったが、老いた母とともに熱海の介護付きマンションでセミリタイヤ生活を送っていた。その頃の母はもう僕が幼い頃の母のようではなかった。強い香水をつけることも、ハイヒールを履くようなこともない。僕が大学に入り、会社を作り、仕事を続けている間に、銀髪の上品な老婦人になっていた。やりたいことはすべてやり尽くし、何食わぬ顔で老いた父に献身的に寄り添っていた。

仁美の家は再び経済的地盤を取り戻し、仁美の父はまだ現役で会社を切り盛りしていた。いずれは仁美に会社を継がせたいという話も僕は耳にしたことがある。そうでなくても義父の仁美への愛情には底がなかった。会社が本当にどうにもならなかったら、正直なところ、仁美の父がなんとかしてくれるだろう、と考えないことはなかった。会社がつぶれてもホームレスになることはない。僕と仁美の下には、経済的に安定した親という大きなセーフティネットがあるのだ。けれど、日奈や海斗の下にはそんなものはない。初めから体を低くして、地面には触れないように、すれすれで飛んでいくような生き方。

そういうものをあの日、僕は目の当たりにしたのだ。

帰りの車中、運転はカメラマンがしてくれたので、僕と仁美はワゴン車のいちばん後ろの席に並んで座っていた。どこかで事故があったようで道は渋滞し始めていた。それでも車に乗ってさえいれば、僕たちは東京に帰ることができる。夕暮れのなかに浮かぶテールランプの赤を見つめていたら、車中のむっとする空気に息が詰まりそうになり、窓をほんの少しだけ開けた。

「あの子たちは一生、あの町から出ないんだろうね。あそこで生まれてあそこで死ぬのね。どうしてそんなことが可能なんだろう。私なら頭がおかしくなる」

刺々(とげとげ)しい物言いとは裏腹に、仁美は自分の手のひらをそっと僕の手のひらに重ねた。その温かさになぜだかぞっとして僕は手を引っ込めた。仁美が驚いたような顔で僕を見る。暗い車内で仁美の顔はひどく歳を重ねたように見えた。僕と仁美はもうずいぶん長い時間を過ごしすぎてしまったんじゃないだろうか。靴の裏にぺたぺたとくっつく熱を孕んだアスファルトのように僕にまとわりつく仁美と距離をおきたい。東京に帰り着くまでそれだけを考えていた。

僕の胸には、今日、撮影したばかりの日奈の顔と、その背景に見えた富士山があった。富士山があんなに近くにあるのに、日奈もほかの子も驚いた表情を見せなかった。どんなにそれが雄大で驚嘆するような景色でも、毎日見ていればそれが当たり前のものになってしまうのだろうか。僕はあの富士山をもう一度一人で見てみたいと思った。今日は行けなかったが、樹海のなかにも足を運んでみたかった。

　ふいに思い出したのは、ビルから飛び降りた彼女のことだった。いろいろな推測がされたけれど、結局は彼女がなぜ死んだのかなんてわからなかった。それは彼女自身にもわからなかったのじゃないだろうか。樹海に行ったら自分は首をつってしまうかもしれないと思った。それほど退屈と倦怠が僕を蝕み続けていた。

　パンフレットが納品されるまで、学校の先生たちにゲラや写真を何度か確認してもらう必要があった。僕だけがあの町に向かった。仁美も来たがったが、別の仕事が入っていた。

　学校に向かう前に僕は樹海に車を走らせた。車を停め、原生林のなかを歩いた。自死をするためのめぼしい場所を見つけておこうと思った。それが見つかれば、自分のどこかが安定するかもしれない。振り返り、自分の車の位置を確かめながら僕は足を進めた。息が詰まるような湿気と高い木々が作り出す影の濃さが体の芯を染めていく。ビルから飛び降りた彼女のことを考える。彼女が数ミリ前に足を踏み出したその瞬間のことを。気がつくと、目の前の太い枝に朽ちかけた黒い縄が下がっていた。縄の先は円を作って結ばれている。ここで誰かが死んだのか。案外簡単なことだ、と僕は思った。今、この縄を使ってもいい。それでもその日、僕がその縄に首を通そうとしなかったのは、日奈ともう一度会える、という思いがあったからかもしれなかった。

その日の夜、日奈を家まで送り、日奈の家を見、荒れ果てた庭を見て、僕はまだ生きられるかもしれないと思った。草刈りを仕上げてから、縄に首を通しても遅くはない。僕がそれまでにつきあったことのある女は同い年か年上の女ばかりだった。日奈のように自分より七歳も下の女とつきあったことはない。生まれた場所も育ちも価値観も違う。話などあうわけはないだろう、そう考えていた。けれど、話が通じるかどうかなんて僕と日奈との間ではまったく意味のないことだった。

僕は時間を見つけては日奈の家に行き、草を刈り、日奈と寝た。

草は刈っても刈っても終わりがなかった。次に日奈の家に行く頃には、刈った分だけ草は伸びていた。日奈の家で日奈を抱いた。日奈の家には僕の家にはなかった仏壇があり、そこには日奈の両親と祖父の写真が飾られていた。仏壇の扉はいつも開かれていたから、もうこの世にはいない人たちに、日奈と僕とのやりとりを見られているようで落ち着かなかった。日奈が毎日線香を上げるせいで、家のなかは白檀（びゃくだん）のような香りに満ちていた。茶色い茶箪笥、丸いちゃぶ台、ブラウン管のテレビ、僕のこれまでの生活にはなかったアイテムばかりなのに、そうしたものに囲まれていると、波立っていた心は妙に落ち着いた。庭は荒れ果てているると言っていいし、家のなかにはどこにも最新式のものがない。あの家では日奈がいちばん新しいものと言ってよかった。

僕はほぼ二週間おきに日奈の家に通った。

日奈の体は小さかった。その体をくるむ皮膚は水をたたえたようで、両生類のような赤ん坊の体を思い起こさせた。日奈の体に僕自身を沈めるとき、征服欲のようなものがわき起こることがあった。仁美にも、今までつきあってきたそれ以外の女性に対してもそんな思いを抱いたことはない。それは、自分が日奈の快楽すべてをコントロールしているという加虐的な思いでもあった。

抱くたびに、日奈のあげる声や、腰のしなりや、吐息の熱さが変わっていく。僕は、夢中になっているような、おぼれているようなふりをして、それをどこかで冷徹に観察していた。日奈の両脚の間にも赤い亀裂がある。僕はそれを凝視した。ここにも割れた赤い柘榴があると思った。

日奈と寝ることが僕のなかでどんな化学変化を起こしたのかわからない。むしろ、セックスだけでなく、庭の草刈りや、日奈の家にいることのほうが僕にもたらした影響は大きかったのかもしれない。僕は自分のなかに、今まで感じたことのないような力が満ちていくのを感じていた。人工呼吸をされて再び息を吹き返した人の気分だった。滞っていた血が僕の体をめぐり、隅々まで温かな血が届いているという実感があった。日奈の家を出て東京に帰るとき、そんな経験はまったくしたことがないのに、大事にしていた犬を無理矢理捨てるのはこんな気持ちなんじゃないかと思うことがあった。仕事で地方に出かけ、東京に戻るときは、東京が近づくにつれ、じわじわと喜びのようなものが体を浸していくのに。

今度はいつ日奈の家に行けるのか、どんな仕事をしていても、そのことだけが頭のなかにあった。庭の草を刈り、日奈に触れ、交わるたび、もう樹海に行こうとは思わなくなった。僕のなかにあるきちんと説明のできない曖昧模糊としたものを、日奈の家と庭と、そして日奈が、初めて受け止めてくれたような気がした。

もう仕事の用事はないはずなのに、しばしば、あの町に出かける僕の行動を仁美が疑い始めた。気づいたときから僕は仁美に責められ続けた。仁美は僕に執着している。そう考えるほど息が詰まった。日奈の家に行かない日でも、いつもマンションに帰るのは僕のほうが遅かったから、帰宅途中の坂道から部屋に灯りがついているのを見ると、気持ちは憂鬱に沈んだ。

「あの子にはちゃんと彼氏だっているの。あの子たちは結婚して、あの町で望むような未来を歩いていく。あなたの退屈しのぎで、彼女の人生を閉ざしてしまってもいいの？」

仁美はくり返し、そんなことを言った。

「退屈しのぎではない」

「じゃあ、いったい何なの。私と離婚して、あなたはあの子と新しい家庭を築くの？」

「それも違う」

「私と別れるのなら、父は会社も私たちの生活も経済的に援助しない。会社は存続することはできない。あなたそれでもいいの？」

「…………」

壁にかけられた時計の音だけが響く。僕と仁美の話は交わらないまま進んでいく。どこかの部屋から、赤ん坊の泣き声が聞こえたような気がした。

「会社も、仁美との関係も、僕は少し距離を置きたい」

僕がそう言うと、仁美が急に立ち上がったので、テーブルの上のグラスが倒れ、中身がこぼれた。水だと思っていたのは白ワインだった。僕に近づいてくる仁美からも酒のにおいがする。

「私はあなたとずっといっしょにいたいの。あなたの子どもが欲しいの。会社も結婚生活も壊す気はない。あの子に会いに行かないで。もうあの子と会わないで」

仁美が僕の腕をつかみ叫ぶように言った。実が爆ぜるように仁美のなかから飛び出した感情の鮮やかさをどう扱ったらいいのか、僕は途方に暮れて、立ち尽くしていた。

「会社も夫婦関係も一度、ゼロに戻したい」

仁美に頬を張られたが、撫でられたかと思うような力だった。

実際のところ、どこまで遡ってゼロに戻したいのか、僕にはわからなかった。

仁美との関係か、会社を立ち上げた頃か、それとも僕がこの世界に生まれてきたことそのものか。仁美は翌日には実家に帰って行った。会社があと数カ月ももたないことは、仁美との話し合いをする前からわかっていたことだった。煩雑な仕事に追われ、日奈の家に行く時間がとれなくなった。

海斗から電話がかかってきたのは、その頃のことだ。

「日奈に会わないのなら、ちゃんと終わらせてやってください」

海斗の言葉を聞きながら、海斗の世界はなんて理路整然としているのだろうと思った。僕がずっと気にかけていた日奈の家の庭の草だって、海斗なら、僕よりもっと上手に刈り取ってくれるだろう。それでも日奈ともう会わないということを素直に呑み込めたわけではなかった。僕がしたいことは、日奈の家に行き、庭の草を刈り、日奈と交わることだけなのだ。そのわがままに日奈をつきあわせてきただけなのだ。仁美に言われたように、日奈と結婚することは考えていない。日奈が今以上に僕に近づいてきたら、僕はきっと日奈から遠ざかりたいと思い始めるだろう。それだけははっきりわかる。それが理解されにくいことも重々わかっているが、どうしようもなくそれが僕なのだ。どこまでもそれが僕なのだ。

ある日ふと、頭に浮かんだのは、仁美に言った「ゼロに戻したい」という言葉だった。仁美とは別居状態が続いていた。誰も僕のことを知らない場所で、生活をしてみたかった。ゼロに戻そうと思った。

両親が残したマンションの一室で僕は半ば引きこもりのような生活を続けていた。しばらくの間、生活には困らないだろうが、このまま働かなければ、数年後には貯金も底をつくことは明らかだった。東京から離れた町で、僕は仕事を探した。仕事はすぐに見つかった。

半年後、僕は今までしたことのない仕事に就いていた。コピー機器の営業という仕事にいつまで経っても僕は慣れなかったし、営業成績も悪かった。上司に怒鳴られる、という経験すら生まれて初めてだった。それがうれしいとは思わなかったが、自分の価値を正確に測られているようで新鮮だった。自分はこの町では、コピー機ひとつ売ることのできない無能な男なのだ。

会社から支給された軽自動車に乗って、町中を走った。海沿いの田園地帯を走ることもあった。コピー機ひとつ売ることもできずに、軽自動車を運転するうだつのあがらない営業マン。それが正確な僕だろう、と思った。美容整形外科医の父のもとに生まれたこと、大学在学中に会社を興し、デザインの仕事をしていたこと、お金に困ったことがないこと。自分を幾重にも包み込んでいたそういう柔らかな膜をすべて取り払ってしまいたかった。

メールのやりとりを何度かくり返しただけで日奈はこの町にやってきた。仁美とはいまだ籍は入ったままで戸籍上、僕は既婚者だ。籍はいつ抜いても抜かれてもかまわなかった。日奈のいる町で日奈と会っていた頃の僕と、今の僕はずいぶん違う。昔の僕の姿を追ってここに来るのであれば、日奈はすぐに失望して帰っていくだろうと思っていた。そもそも海斗との関係はどうなっているのか。けれど、僕はその疑問を口にしなかったし、日奈も仁美について僕に聞くことはなかった。

僕の予想に反して、日奈はこの町の暮らしにすぐに慣れていった。この町で仕事を見つけ、自分の基盤をすぐに作っていった。そのたくましさに僕は素直に驚いていた。けれど、考えてみれば、あの町もこの町も大きな差はない。あの町とこの町はとてもよく似ていた。たぶん、そういう町は日本のいたるところにあって、どの場所に行っても日奈はこんなふうに生活していくことができるのだろう。

あの町の日奈の家にいることで得られた落ち着きも、日奈と体をかわすことの熱狂も、僕と日奈との間にはすでになかった。それでも僕は日奈と暮らした。日奈は僕のために食事を作り、洗濯をし、二人が暮らす狭い部屋を掃除した。日奈がこの町に来ることを拒むことすらしなかったのに、いっしょにいる時間が増えれば増えるほど、自分の気持ちは倦んでくる。自分はそういうどうしようもない人間なのだ、と軽自動車を運転しながら思った。自分のテリトリーを侵されることに、どうしてこんなに嫌悪感を持つのか。

日奈とあの防潮堤を見に行った休日を思い出す。

海と陸を遮るように建てられた巨大な構造物。コンクリートの白い階段を上っていくと、やっと海が見えた。遠くに波頭が光る海を見て、わかったことがあった。なぜ僕は見たいと思ったのか。これと同じものが自分のなかにもあるからだ。自分とそれ以外の誰かとを寸断するような何かが。誰とも僕は深く心を通い合わせたくない。自分以外の誰かに自分を理解されたくはない。誰かのことをわかった気持ちに簡単になりたくはない。誰かと心を通い合わせて生きていける人間ではない。そんなことにはずっと前から薄々気がついていたはずだったのに。自分一人の世界でしか僕は生きられない。僕の理解者は僕しかいないのだ。

「ここしかいられる場所がもう僕には」

あの日、日奈に言った「ここ」は、あの町でも、東京でもない。自分の心のなかにしか、僕がいられる場所はないのだ。人として、どうしようもない欠損を抱えていることを自覚したのなら、僕は一人で生きていくべきだろう。その欠損に誰かを巻き込んではいけない。仁美がいつか言ったように、日奈には未来がある。日奈には僕が到底持つことのできない、人としてのたくましさがあるのだ。僕のような人間にかまっている時間などないはずだ。

仁美は何度もあの町に来て、東京に戻ってくるように言った。

「ここはあなたのいる場所ではないでしょう」

仁美は僕の顔を見るたびに言った。仁美と会うのはいつも同じ場所だった。ショッピングモールのなかにあるフードコート。それくらいしか、目印になるような場所がないからだ。僕は黙り、仁美だけが話をしていることが多かった。

「子どもが欲しいなんてもう言わない。あなたは自分の子どもなんて欲しくはないでしょう？」

フードコートのなかは相変わらず親子連れが多かった。子どもの泣き声、わめき声、それを叱る母親の声がノイズのように響いている。

「籍は抜いてしまったってかまわない。いっしょに暮らせなくてもいい。ただ、昔のように私はあなたと仕事がしたい」

懇願に近いような声で仁美が言葉を続ける。

「あなたが心から誰かを好きになることができない人だってことはわかってる。私があなたにそれほど好かれていないってことも」

でも、それでも。大きくなる仁美の声にまわりの若い母親たちの注目が集まる。それでも仁美は言葉を続ける。

「あの子に対しても同じ気持ちだってわかってる。あなたが傷つけるのは私一人で十分じゃない？」

僕はプラスチックの蓋がかぶせられたコーヒーを口にした。この蓋のせいでコーヒーはいつまでも熱い。いつまでも熱いということが時間経過を無視しているようで、とてつもなく不自然に感じられる。振り払っても振り払っても仁美は僕との関係を紡ごうとする。仁美の顔を見る。

「あの子とのこと、あなたは何か特別なことだと考えているかもしれないけれど、あなたがしていることは、世間から見ればただの浮気なのよ。簡単に説明がつくの」

子どもをなだめるような口調で仁美が言う。そんなふうに言葉を集約されると、ぐらりと脳が揺れる感じがする。彼女がビルから飛び降りたあのときと同じだ。世界と断絶された気がする。世間なんて言葉、出会った頃の仁美なら絶対に使わなかった。そんな言葉を口にするような女に僕がしてしまったのか。

「いつでもいい。東京に帰ってきて。あなた、自分から帰るなんて言い出せないんでしょう?」

仁美がトレイを持って立ち上がる。

「いつまでも私は東京で待っている」

そう言い残して、フードコートの喧噪のなかを仁美の立てるヒールの音が遠ざかる。仁美の後ろ姿を無遠慮な視線が追いかけていく。もう十分だろう、と自分のなかで誰かの声がする。それはさっき仁美が言った世間の声なのかもしれなかった。

その半月後、僕は幾度目かにあの町にやってきた仁美の車に乗って東京に戻った。

高速を降り、都心に近づいていく車のなかから、オレンジ色の東京タワーを見た。この町が故郷だとか、心からほっとするとか、残念ながらそういう気持ちは湧いてはこなかった。それでも、どこかで受け止められている、と僕は思った。それがいやでこの町を飛び出したのに、逃げ出した僕をそしらぬ顔で受け止めてくれる何かが確かにここにはあるのだ。それが故郷と呼べるものなのだろうか。

僕は自分のマンションに戻り、自分一人のベッドで眠った。時間を巻き戻すような深い眠りだった。仁美が僕との距離を無理に縮めてくるようなことはなかった。あまりに近づきすぎると、また僕がどこかに行ってしまうと思ったのだろうか。時折、紙袋いっぱいの食料を抱えて僕のマンションにやってきたが、ドアの前ですぐに帰ってしまう。

「いずれは仕事に戻ってほしいけれど、あなたの準備が整ってからでいいから」

仁美の言う準備という言葉のなかには、日奈との別れが含まれていることに僕は気づいていた。

あの町に再び向かったのは、東京に戻って半月後のことだ。

富士山の見える町で日奈の家から離れるとき、僕は犬を無理矢理捨てるような気持ちになったことを思い出した。同じことを僕はくり返している。

「もう一度、やりなおしてみたい」

僕は日奈にそう言った。僕は日奈を二度捨てたのだ。

何をもう一度やりなおそうというのか。自分の人生のことはもうどうでもよかった。僕という人間とともに過ごすことで日奈の人生を無駄に遣ってしまった。日奈を前にして、すまない、とか、今までのことを許してほしい、という言葉も浮かんだが、そのどれもが少しずつ違うような気がした。どう言えばよかったのか、どうすれば自分の気持ちが伝わったのか、東京に向かって車を走らせながら僕は考え続けていた。日奈はあの富士山の見える町に帰るだろうか。僕にそんなことを言う権利はないが、できればあの町で、一人ではなく誰かといっしょに暮らしてほしかった。僕のようなねじれた心を持った男ではなく、例えば、海斗のように言葉にも態度にも迷いがない男と。海斗は今でもあの町で日奈の帰りを待っているだろうか。

高速のパーキングエリアに寄った。時間はもう深夜に近かった。車から出ると、足元のコンクリートの割れ目から雑草が伸びているのが目に入った。日奈の家の庭の草を、鎌で刈ったときのことを思い出した。刈っても刈っても伸びていく草の勢い、放っておいても伸びていく力の強さ。それが僕には怖かった。携帯が震える。仁美の声がする。仕事に関することを仁美が僕に問いかけ、僕はそれに答えた。これからどこに向かうのか、大型トラックが音を立てて駐車場に何台も入ってきた。騒音にかき消され、仁美の声が聞き取れなくなる。

「今から帰るよ」

そう言って僕は携帯を切った。運転席に座りシートベルトを締め、エンジンをかける。パーキングエリアを出て、車の流れに合流する。テールランプを見ながら、僕はいつか見た彼女と日奈の亀裂の赤を思い浮かべる。

いつまでも東京で待つと言った仁美の言葉が耳をかすめる。

これからの人生で、僕は女たちに勝てる日が来るのだろうか。

愚問だ。最初から勝負は決まっているじゃないか。そう思ったら、無性に声をあげて笑いたくなった。ルームミラーで自分の顔を確かめる。なぜだか泣き顔をした僕がそこに映っていた。

じっと手を見る

非常出口の誘導灯だけが緑に光る廊下を、懐中電灯を手に一人歩く。

一カ月に四、五回やってくる夜勤のペースにはすっかり慣れているけれど、介護士として働き続けてきた自分の体はまだ三十を過ぎたばかりだというのに、もういたるところにガタがきていた。一時間前、真夜中に起き出してきた利用者をトイレに連れて行き、排尿をさせるためにその体を便座に移動させたときも、腰ににぶい痛みが走った。

若い頃から体力だけは自信があったのに、介護の仕事で酷使しているうちに予想以上に速いスピードで自分の体は壊れていった。誰かに一生食える仕事だからと言われて介護士になったのに、こんな過酷な労働は一生続けられないかもしれない、と気づいたのが二十五のとき。そこからケアマネージャーになるための勉強を始め、三十になる前に試験に合格した。

来月から違う施設で、介護士ではなく、ケアマネとしての生活が始まる。だからもう、今までのように利用者の体に直接触れる仕事ではなくなる。

今日はこの施設での最後の夜勤の日で、そう思うと、長年働いてきたこの施設にも利用者にも離れがたいような気持ちが湧いてくるのと同時に、なんとなく清々とした気持ちにもなる。

夜の廊下を歩きながら親父のことを思った。

親父が亡くなったのは二カ月前のことで、心臓発作だった。おふくろが朝からパートに出かけている間に、家にいた親父は死んだ。夕方、パートから帰ってきたおふくろが発見するまで、たった一人で、死んだままだった。

唐突に人は死ぬ。理由もなくある日突然。そんなことは介護の仕事をしていて何回も体験したことなのに、それでも、親父が死んで驚いている自分がいた。なぜだか親父はいつまでも死なないような気がしていたからだ。親父は数年前に樹海で自死をしようとして失敗し、それからは家で寝たり起きたりの生活をしていた。不思議なことだが、自死を失敗したことで、親父は死というものから遠く離れたような気がしていた。実家に行きさえすれば、いつでも会えると思っていたのに、その親父が今はもういない。

葬式では長男として喪主にもなったし、棺に入った冷たい親父の体にも触れた。火葬場で骨だって拾った。そういうプロセスをひとつひとつ体験して生身の親父の体がこの世からいなくなったことは頭ではわかっているのに、どこかしら納得できていない自分がいる。

たましいのようなものがあるとするなら、親父のたましいはまだこの世から姿を消していないんじゃないかという気がするときがあるのだ。今もどこかを彷徨（さまよ）っているのではないか？

例えば、親父が自死をしようとした樹海に。

例えば、今、俺がいる施設の真夜中の廊下に。

幽霊とかそういう話なんて信じてはいない。見た経験もない。けれど、夜の廊下を歩いていると、何かの気配を強く感じる一瞬があるのだ。三階から四階へ。俺は階段を上りながら、照明の届かない踊り場の濃厚な影をじっと見つめてしまう。誰かがうずくまっているような影に見えないこともない。そんなとき、俺は思わず心のなかで言ってしまうのだ。

親父、今そこにいるのか？　と。

死ぬ間際にどういう状態だったのか医師から詳しい説明はなかったが、親父はなぜだか手のひらをパーの形に広げていて、亡くなって半日近く経ってから発見されたから、死後硬直したまま、その広げた手はどうやっても元に戻すことができなかった。病院の霊安室で俺は天井に向けられた親父の手のひらを見た。手相のことなんてまったく詳しくはないが、親指近くにある太い線は生命線だということは知っていた。親父の生命線は深く刻まれ、長くも短くもなかった。目立つのは生命線を含めた三本の太い線で、見る人が見れば、この線で親父の人生を読み解くことができるのだろうか、と俺は冷たくかたくなった手のひらに触れながら考えていた。

この施設の四階は、要介護度の高い、ただ寝ているだけの利用者がいるフロアだ。

まだ生を存続させている老人たちを俺はチェックする。生きているか、死んではいないか。乾いた手のひらに触れれば、そこにはまだあたたかい血がめぐり、生きている者の証がある。

だらりと力の抜けた手のひらを俺は懐中電灯で照らす。そこには親父と同じ太い三本の線があって、けれど、それぞれの線の曲がり目や、太さや、その皺の深さには、やっぱり人それぞれに微妙な違いがあるのだった。この人たちの手相を見れば、生の終わりを、こんな部屋でたった一人で過ごすという運命のようなものがわかるものだろうか。

フロアに七つある個室のチェックを終え、俺は廊下を歩きながら、自分の手を懐中電灯で照らす。そこに自分の運命のようなものが刻まれているとして、自分はそれを知ってしまったら、この先も生きたいと思うものだろうか。

葬式のとき、おふくろは案外さっぱりとした様子をしていた。始終、ハンカチで目頭を押さえていたけれど激しく取り乱しはしなかった。弟は霊安室で父の遺体を見て目を赤くしただけだ。誰も声をあげて泣かなかった。いちばん声をあげて泣きたかったのは俺だ。それなのに、煩雑な葬式のもろもろを押しつけられて、泣く暇もなかった。一人のときに泣いてもよかったのかもしれないが、さて、泣こう、と思っても涙は出ないものだ。誰からも大声で泣いてもらうことのできなかった親父に俺は少し同情していた。俺がいつ死ぬのかはわからないが、いつかその日が来るのなら、大声で泣いてもらいたいと思った。

誰でもいい、たった一人でいいから。

窓から見える漆黒の空の端をまるでカッターで切り裂いたような明るさが紛れ込んできた。

もう夜が明けるのか。少し残念な気持ちになる。ずっとずっとこのまま夜が続けばいいのに。あと数時間で介護士としての自分の仕事が終わる。そう思ったら体がゆるんだのか、さっきまで感じなかった腰のにぶい痛みをまた、感じ始めた。新しい仕事場に勤める前に、俺は一カ月の休みをとった。働き始めてからそんな長い休みをとったことはない。長い旅行に行こうなどとは考えなかった。けれど、このタイミングで自分を休ませないと、体か、もしくは心のどちらかを壊してしまうかもしれない。自分が見てきたほかの多くの介護士みたいに。なぜだかそんな予感だけがあった。

その子ども、裕紀と初めて会ったのは、長い梅雨が始まりかけた頃で、国道沿いのファミレスで俺と真弓と裕紀はまるで家族のようにひとつのテーブルを囲んでいた。

裕紀は俺の同棲相手である真弓の子どもだ。九歳になる男の子。真弓の元夫とその再婚相手と暮らしていたのだが、どうやら、血のつながらないその母とうまくいかず、今は真弓の母の家に身を寄せているらしかった。学校には行ったり行かなかったりで、真弓の母も頭を悩ませている。仕事が忙しいからという理由で、しばらくの間、裕紀の面倒をみるようにという母の申し出をつっぱねていた真弓だったが、ついに根負けして真弓が自分の休みの日には、裕紀の面倒をみることになった。それに今、俺はつきあわされている。

目の前に並んで座る二人を見ていても、この親子が心を通わせているという気がしない。メニューを見てもなかなか決められない裕紀に、いらいらし始めた真弓が勝手に決めた和風ハンバーグの皿。裕紀は二口、三口食べただけでフォークを置いてしまった。真弓がそれを見て大きなため息をつくと、裕紀は途端に今にも叱られるのではないか、とおどおどした表情になる。それを見て、真弓がまたいらつく。その悪循環だった。会話もなく、俺と真弓は空になったコーヒーカップに暇そうなウエイトレスが注いでいくコーヒーを飲み続けて腹がたぷたぷになっていた。

お世辞にもかわいい子どもとは言えない。熊にまたがった木彫りの金太郎のように太って、頬の肉が盛り上がり、細い目をますます細くしていた。手にもクリームパンのようにたっぷり肉がついている。何回も洗濯をくり返して色落ちしたグリーンのトレーナーにはハンバーグの食べこぼし。さっき乱暴に真弓がおしぼりで拭いたが、しみになって残るじゃん、と真弓が大きな声を出したせいで、裕紀はそのあたりを指でつまんで、いじけた視線を落としている。

隣のテーブルから家族連れの笑い声が聞こえてきて、なんだかいたたまれなくなる。

この状況、俺にどうせいっちゅうねん。俺はいんちきな関西弁で心のなかでぼやいていた。

畑中真弓という女と暮らすようになって三年経っていた。働いていた施設の後輩で、つきあい始め、いっしょに暮らすようになるにはそれほど時間はかからなかった。バツイチだということは知っていたし、子どもがいることも聞いてはいた。会いたいと言ったことだってある。それなのに、現実に目の前に、真弓が産んだ子どもがあらわれてみると、真弓という女の持つ影のようなものがよりいっそう濃く見えるような気がした。それで気持ちが離れるわけではないが、目の前にいる裕紀に、俺の知らない真弓の時間が凝縮されているようで、それがほんの少し恐ろしく感じる。

裕紀はさっき、隣市に住む真弓の母に連れられてこの町にやってきた。今日、初めて俺と真弓の暮らすアパートに泊まることになっていた。明日は、早朝から仕事があるから、この町の駅まで裕紀を送り届けてほしいと真弓から頼まれていた。それ以外、何もすることはない。ただ駅まで送り届けてくれればいいから。真弓はくり返し言った。

「家に帰る前に、何か着るものを買いに行かなきゃ。ろくなものが入ってない。下着もパジャマも入ってないってどういうこと」

裕紀が背負ってきたナップサックの口を開けて、真弓が叫ぶように言った。怒っているわけではないのに、裕紀は自分が叱られているかのように身をかたくしている。真弓はテーブルの上の伝票を手に立ち上がった。もうこのファミレスを出るということなんだろう。裕紀が慌ててナップサックを背負い、真弓のあとを追おうとする。席を立つときにまだ座ったままの俺と目が合った。俺は怒った顔なんかしていないはずなのに、俺の顔を見て、裕紀は叱られているときのような情けない顔をする。そういう表情で裕紀は自分を取り巻く大人たちをいらだたせてきたんだろう。そんな気がした。

ショッピングモールのなかにあるユニクロに行って、真弓は手にしたプラスチックのかごのなかに裕紀のための下着やパジャマやトレーナーやズボンといった普段着を入れていく。駅で会ったときも、ファミレスにいたときにも気づかなかったが、裕紀が着ているものは、すべてが微妙に少しずつ小さかった。身長も体重も日に日に伸びて増えていく時期なのに、その裕紀の体に合わせて、こまめに服を買い換えてやる大人というものが今の裕紀のそばにはいないのだろう。

「これ、もうここで着な」

そう真弓に言われて、裕紀は試着室で着替えさせられた。すべて新品、すべてユニクロの服を着せられて、裕紀は真弓とレジに並んだ。会計を済ませると、店員が洋服についているタグをすべて器用にハサミで切ってくれた。後ろから見た裕紀はスニーカーの踵を踏んでいる。そのことに真弓も気づいたのか、

「ああ、靴も小さいのか、もうっ」と言いながら、裕紀の腕をつかみ、まるで犯人を連行するように靴屋のあるほうに連れて行こうとする。このモールのなかにはなんでもある。全身

ユニクロの裕紀は上の階にある靴屋に連れて行かれ、新しいスニーカーを買ってもらった。服も靴も、どれがいい？　と真弓に聞かれることは一度もなく、真弓が選んだものを、ただ黙って身につけていた。

俺が運転し、真弓が助手席に座り、裕紀は後部座席に座った。もうすっかり夜になっていた。赤信号で振り返ると、裕紀はかすかに口を開けて、眠っている。起きているときは、中年男性のようにも見える一瞬があるのに、眠っている顔はやっぱり子どもなのだった。この状況について、何か真弓が俺に話すことがあるんじゃないか、と思っていたが、横を見ると、いつの間にか真弓も眠りこけている。もう一度、裕紀の顔を見た。やっぱりその顔はどこかしら似ていた。親子なのだ、と改めて思った。

車が動き出す。あの道を右に曲がれば、あの家へと続く道に出る。

ほんの一瞬そう考えただけだ。

昔の、若いときの恋。あの家に通い、草を刈った。

相手が俺のことを好きだったかどうなのかは最後までわからなかった。俺は好きだったし、自分なりに大事にしていたけれど、振られた。

その相手、日奈が、好きな男のあとを追ってこの町を出たからだ。一度だけ、日奈と最後に会ってから一年後、ひどく酔っぱらったときに俺は日奈の携帯に電話をしてしまったことがある。長い呼び出し音が続いただけで、留守なのでも電話に出られないのでもなく、意図的に出ないのだろう、という確信があった。結局、その電話がとられることはなかった。

その夜、俺は日奈の電話番号を携帯のメモリーから消した。昔つきあっていた女。今はもうすっかり忘れている。そう思い込んでいるはずなのに、情けないことに日に一度は日奈のことを思い出していた。だからといって、どうしようというのでもない。ふいに感じる腰の鈍痛のようなものだ。どういうタイミングで思い出すのか、その理屈がわからなかった。仕事場で手を洗っているとき、自分の車のドアを開けたとき、真弓とごはんを食べているとき、ひどいときは、真弓のなかにいるときに日奈の顔が浮かんだことだってある。

日奈はたぶん、追いかけていったあの男と結婚したんだろうし、子どももいるのかもしれない。日奈を再び追いかけようとは思わなかったし、今どこにいるのか探そうとも思わない。今、俺には真弓との生活がある。けれど、別れてからもう何年も経つのに、思い出すたびに、胸の深いところが痛むのだ。ひどく耐えきれないという痛みではない。それでも、にぶく痛む。

例えばさっきいたファミレスで働いていた女とか、モールですれ違った女とか、今、隣に並んで信号を待っている車の女とか、あれは日奈じゃないか、と思うことだってある。どれだけ俺のなかは日奈に侵蝕されてんだ。そのことが恐ろしくもあった。だからこそ、というか、あえて、真弓との生活を俺は続けた。日奈との記憶を、日奈との日々を、真弓と暮らすことで塗り替えたかった。また、赤信号で停まる。俺は真弓の顔を見る。その疲れきった寝顔を見ていると、すまない、という気持ちがまたわき上がる。その気持ちが、今日のようなやっかいごとに巻き込まれても、いやだ、と言えない状況を作り出しているのかもしれなかった。

朝、目覚めると、リビングのほうから、テレビの音がした。あ、まずい、遅刻だ、と慌てて起き上がったものの、そうだ、仕事は来月まで休みなのだ、ともう一度、布団に体を横たえた。隣を見ると真弓の布団は畳まれ、部屋の隅に置かれている。時計を手にとると、すでに午前九時を過ぎている。テレビをつけっぱなしで出かけるなんて珍しい、と思いながら襖を開けた。

テレビを見ている太った子どもの背中が見えてぎょっとした。

「おはようございます」

裕紀が俺の顔を見上げてそう言う。そうだった。昨日は真弓の子どもがこの部屋に泊まったのだった。俺らと同じ和室に寝かせればいいじゃないか、と言ったのに、真弓は「けじめがなくなる」と言い張り、このリビングのテレビの前に来客用の布団を敷いて裕紀を寝かせたのだった。裕紀が寝ていた布団も乱雑ではあるが畳まれている。

「めし食ったの？」そう聞くと、裕紀は顔を横に振る。真弓は今日、早朝からの勤務の日だ。たぶん、裕紀が起き出す前に朝食をとらずに家を出て行ったのだろう。冷蔵庫をのぞいて、ハムと卵を取り出し、ハムエッグを作ることにした。ごはんは一食分ずつ冷凍したものがある。納豆と漬け物、味噌汁はインスタントでいいだろう。電気ケトルでお湯を沸かしながら、温めたフライパンで卵とハムを焼いた。電子レンジに放り込んだ冷凍ごはんは一食分では足りないのでは、と思って、すでに温まっているごはんを取り出し、もう一食分を温める。

「できたよ」と裕紀を呼ぶと、テレビを消して、キッチンにやってきた。

「食べな」と言うと、箸を持ち、いただきます、と小さな声で言う。すぐに食べ始めた。

裕紀の食べっぷりは見ていて気持ちのいいものだった。やっぱりごはんは一食分では足りなかった。二食分でも裕紀の食べるペースなら、足りないのではないか。

「ごはん、もっといるか？」と聞くと、黙っている。

「足りなくないか？」と聞いても、箸を持ったまま、俺の顔を見ている。

「……おにいさんは？」

ああ、俺のことを気にしているのかと思った。

「おにいさんは、今、あんまりおなかがすいてない」

おじさんではなく、おにいさん、か、と思った。裕紀なりに気を遣っているのだ。裕紀はまだ俺の顔を見ている。俺の言うことが信じられないという顔だ。

「おにいさんは、朝はほとんど食べないんだよ。だから、大丈夫。ここにあるのは全部、裕紀が食べていいものだから」

そこまで言ってやっと裕紀は安心した顔を見せた。

ごはんはやっぱり足りないだろう、と思って、裕紀には聞かずに、俺は黙ったまま、もう一食分の冷凍ごはんを電子レンジで温め始めた。

真弓からは午後四時過ぎの電車に乗せてくれればいい、とだけ聞いている。その電車で真弓の実家に裕紀は帰ることになっている。今、午前十時。まだだいぶ時間がある。俺が食器を片付け、洗濯物を干している間、裕紀は黙ってテレビを見ている。外にも出ずにずっとこの部屋でテレビを見させておくのもどうなのか、と思って裕紀に尋ねた。

「どこか行きたいところとかある？」

裕紀はさっき、食事中に見せたのと同じ顔で黙っている。なんとなくこれが裕紀の会話のテンポなのだろうと俺もわかってきた。少し反応が遅い。かといって、遅すぎるというのでもない。俺が言うことを自分のなかで嚙み砕くまでに、人より時間がかかるのだろう、という気がした。そういうテンポのゆっくりさに俺は慣れていた。そうだ、裕紀の会話のスピードは施設の利用者に近いのだ。

「遊びに行きたいところとかある？」

もう一度聞くと、

「遊びに、行きたいところ？」と俺の言うことをくり返す。

「そう、動物園とか、プラネタリウムとか、行こうと思えば行けるよ。そういうところに行きたくない？」

裕紀はしばらくの間黙ったまま俺の顔を見ている。

「プラネタリウムって？」

「えっ」

「プラネタリウムってなんですか？」

「知らない？」

こくりと裕紀が頷く。このあたりの子どもなら親に連れられて一度は行くのに。

「暗いところで星がたくさん見られるんだよ。本物の星じゃなくてにせものの星だけど」

説明したものの自分でもあまりうまい説明じゃないな、という気がした。ここでごちゃごちゃ説明しているなら裕紀をプラネタリウムに連れて行ってしまったほうがいい。

「じゃあ、行くか、プラネタリウム」

俺がそう言うと、プラネタリウムがどんなものかもわからないのに、裕紀はほんの少しだけうれしそうに笑った。

携帯で投影時間をチェックした。午後には四十分ほどの投影が三回ある。午後三時半に終わる投影を見せて、そのまま駅に向かえばちょうどいいだろうと思った。ここを午後一時過ぎに出ても十分に間に合う。それでもまだ時間が余る。

「裕紀、宿題とかはないの？　持ってきた？　明日学校だろ？」

俺はそう言いながら、床に置いてある口が開いたままの裕紀のナップサックを手にとった。なかを見てもいいか、という意味で裕紀の顔を見ると、裕紀はまた黙ったまま頷く。

昨日、ファミレスで真弓がろくなものが入っていない、と言ったが、実際のところそうだった。確かにろくなものは入っていなかった。小石、短い鉛筆が一本、端のめくれたカードゲームのカードが一枚だけ、枯れ葉、くしゃくしゃに丸めた0点のテスト用紙。広げると裏に、赤いペンでバカ！　と大きく書かれている。先生はこんなことは書かないだろう。これは子どもの字だ。

学校もあんま通えてないんだよね、と真弓が言っていたのを思い出した。

その理由については深く聞いていなかったが、なんとなく、もしかしたら、裕紀はクラスメートに疎まれているような、平たく言うといじめられているという気がした。昨日の体に合わない服、サイズの合わない靴。この受け答えのゆっくりさ。クラスメートに罵声を浴びせられている裕紀の姿は易々と想像できた。なんとなく重い気持ちになり、俺は裕紀のナップサックのチャックを黙って閉めた。

プラネタリウムがある県立科学館は俺が子どもの頃に行ったままで、まわりの風景もあまり変わっていない。建物だけが年月を重ねて古ぼけていた。今はプラネタリウムではなくスペースシアターと呼ぶらしい。日曜日のせいか親子連れも多く混んでいたが、俺と裕紀は空席をふたつ見つけて並んで座った。大人でも余裕で座れる椅子だが、それでも裕紀が隣に座ると、窮屈な感じがする。場内が暗くなりすぐに投影が始まった。

黒い空に光る塵（ちり）のような星雲が目の前に広がり、星がいくつも流れていった。六月に見られるカシオペア座や、これから見られる夏の星座についての解説があり、最後には星の動きに合わせてアニメキャラも登場した。投影の途中で、隣に座る裕紀に目をやると、口をぽかんと開けて、頭の上で繰り広げられている投影に目を凝らしている。楽しいのか、楽しくないのかわからないが、とにかく飽きていないことだけは確かだ。その顔を見て、ほんの少しほっとした。なんとなく義務を果たした、と思った。

けれど、こんな星空なら、わざわざプラネタリウムで見なくても、湖のそばや山の上のほうに行けば見られるはずだ。裕紀が次に来たときには、とすでに考え始めている俺はどこまでおひとよしなんだ。

「次にホームに来た電車に乗ること。自分の降りる駅、わかるよな？」と裕紀に聞くと、うん、と言葉に出さずに頷き、裕紀は改札口に首から提げたパスケースをかざして、ホームに続く階段のほうに歩いて行った。階段を下りる手前で裕紀が振り返り、俺に頭を下げた。子どもに頭を下げられるというのもなんとも奇妙な感じがするもんだ、と思いながらも、俺もなんとなくつられて頭を下げてしまったのだった。


仕事を終えて帰ってきた真弓は洗面所で顔と手を洗いながら、キッチンにいる俺に大声で話しかけている。肉と野菜を炒めていた俺は真弓が何を言っているかわからなかったので、一旦、ガスの火を止め、真弓のいる洗面所に近づいた。化粧を落とし、眉毛の消えた真弓は迫力のある濡れた顔で俺を見ている。

「プラネタリウム、連れてったの？」

「ああ」

「わかんないでしょあの子、そんなの見ても」

「飽きずにじっと見てたよ。楽しかったかどうかは正直わかんなかったけど」

「……あなたならわかるよね。あの子、裕紀が、どういう子か」

俺は菜箸を手にしたまま黙っていた。わかっていたが、俺から言葉にするべきことじゃないと思っていた。

「わからないはずがないよ」そう言いながら、真弓は冷蔵庫に近づき、発泡酒を取り出した。プルタブを引き上げ、噴き出そうになった泡に口をつけて吸い込むように飲む。

「最初は普通だった。ちょっとのんびりした子だと思われていた。でも、四年生になって気づいたの。今年の春。この子は普通の子とちょっと違うんじゃないかって。発達に問題があるんじゃないかって。向こうの、元旦那と奥さんが病院に行って」

真弓は喉を鳴らして発泡酒を飲んだ。

「言葉も話せるし、こっちが話してることだって、時間はかかるけどわかる。身の回りのことも一応自分でできる。だけど、勉強がずっとできないし、のんびり、って言うなら言葉はいいけど、何をやってもとろいから、そのうち絵に描いたようないじめが始まって、学校に行かなくなって、担任の先生のすすめで専門の病院で検査してそれで……」

「うん……」

「それまではかわいがってくれてたんだよ。向こうの奥さんは。だけどね、裕紀が普通の子どもじゃないってわかったら」

真弓はキッチンのシンクの前にあるスツールに座った。くずれ落ちるように腰をかけたので、貧血でも起こしたんじゃないかと思った。顔色は確かにあまりよくない。

「帰されたんだよあたしの実家に。ある日突然。……今はあたしの母と暮らしてるけど学校には行ってない。……いずれ特別支援学級に入ることになると思うけど」

発泡酒を持った手の甲で真弓が目のあたりをごしごしと擦る。泣いているのではなく、いらいらしているときに真弓がよくする仕草だった。俺は真弓の肩に手を置く。何かを言わなくちゃいけないような気がするが、何も言えなかった。真弓と俺は同棲しているけれど、結婚しているわけではない。真弓と結婚する、ということは裕紀とともに住むことになるかもしれないのだ。そこまでの覚悟があるか、と言えば、正直なところ即答はできなかった。真弓が俺の顔を見上げる。何も言わない俺を真弓がじっと見ている。

「ねえ、なんでこうなるのかな、あたしの人生」

そう言って真弓は発泡酒を飲み干した。

俺が何か言うのを真弓は待っている。けれど、どんな言葉をかけても、それが全部嘘になるんじゃないか、と思うと、何も言えなかった。

真弓が仕事に出かけてからは、普段あまり時間のかけられなかった部屋の隅々を掃除した。掃き出し窓のレールに溜まった埃を取り除き、浴室のカビをきれいにした。裕紀は週に一度の真弓の休みにはこのアパートに来る予定だったから、裕紀の布団を干し、枕カバーとシーツを用意した。介護士の仕事はやめたものの、体を動かす習慣というのは、急にやめることはできないもんだ、とつくづく思った。手を動かす間に、俺は真弓とのこれからを考え、それは裕紀込みでもあるのか、ということを考えた。真弓と、裕紀の人生を俺が背負う。そう考え始めても答えは出ない。

そもそも真弓は結婚という言葉を俺の前で口にしたことはないし、それを俺に迫ったこともない。けれど、俺自身は、真弓との結婚はない未来じゃない、と思っていた。三年暮らした真弓と結婚をし、籍を入れる。十分に現実的だ。

けれど、なんとなく不思議に思ったのも事実だ。真弓は金を貯め、大学に編入するんじゃなかったのか。俺が半年前にケアマネの試験に受かったあと、真弓の口から大学、という言葉を聞いたことがない。もう、そんな夢はとうにあきらめてしまったのか。真弓にははっきりと伝えたわけではないが、俺は次の仕事場でケアマネをしたあと、通信で大学の勉強をして社会福祉士になるつもりでいた。そのために少ない給料のなかから貯金してきた。

先に大学に行ったのは弟だ。東京の私立大学に行った弟の学費は俺が出した。少ない額じゃない。その支払いがやっと終わった。

前期、後期、前期、後期。それが四年間。おふくろのパート代と俺の介護士の給料から弟の学費を捻出するのは正直、楽なことじゃなかった。学費を払っている間、弟に礼を言われることも感謝されることもなかった。弟が卒業して名前も知らないような会社の営業マンになって、にやけた顔で親父の葬式にやってきたとき、一回ぶっとばしておいてもよかった。

床に這いつくばってフローリングの部分を雑巾がけした。部屋の隅に、この前、裕紀のナップサックに入っているのを見た、ちびた鉛筆が転がっている。鉛筆は、電気鉛筆削りで削ったようになめらかではなく、たぶん、カッターで削ったんだろう、芯だけがやけに飛び出している。新しい鉛筆を一ダースと、カッターを買ってから、鉛筆の削り方を教えてやらないといけない、と思いながら、こういうところが俺の悪いところだとつくづく思った。

行きたくはないけれど、車に乗ってこの町で買い物をするにはモールに行くのが便利だ。行けばなんでも揃う。けれど、毎日行くのはしんどいので、俺は三日に一度、食料を買いに行くだけにしている。妙に天井が高くて、白っぽい建物、というだけでどことなく不安になるからだ。カートに三日分の野菜や肉を入れ、さっさと会計を済ませた。そうだ、鉛筆だ、と思い出して、二階に向かう。フロアガイドで見たが、キャラクターグッズを扱うファンシーショップのようなものしかなく、駅前に行くしかないのか、と買い物袋を指に食い込ませながら思った。駐車場に戻り、トランクのクーラーボックスに食料を詰めた。

駅前の時間貸し駐車場に車を停め、商店街を歩く。

介護士をしていたときは仕事終わりに飲みに来たことはあるけれど、平日の昼過ぎに商店街に来るなんて何年ぶりだろう。相変わらず閑散としていて、歩く人も少ない。路地を通り抜けたところにある古い文房具屋に行き、一ダースの鉛筆と油性ペン、カッター、ノート、消しゴム、念のために俺が子どもの頃からあるような長方形の青い筆箱も買った。

店を出ると、黒い猫が腹を見せて日に当たっている。俺はその猫を舌を鳴らして呼んだが、猫は見向きもしない。表通りを歩かずに、わざと歓楽街のほうに足を進めた。開けているのか閉まっているのか、看板すら朽ちてぶら下がっただけの店が数え切れないくらいある。迷路のような路地をさらに抜けて別の通りに出た。その角は死んだ親父の居酒屋があった場所だ。今もシャッターが下りたままで新しい借り手はついていないようだった。自死に失敗してから、親父は一回も焼き鳥を焼こうとしなかった。もし、親父に思い残すことがあったとしたなら、もう一度、煙に燻(いぶ)されながら焼き鳥を焼くことだったのではないか、とふと思った。

次に裕紀がやってきたのは、五日後のことだった。

真弓は夜勤を終えて、隣の寝室で眠っている。裕紀が駅に来る、という時間になっても起き出す気配はないので、仕方なく駅まで迎えに行った。改札口から出てきた裕紀は、この前、真弓が買ったユニクロの服とスニーカーを身につけている。このままアパートに帰ってもすることはない。真弓は夕方には起き出すだろうから、このまま裕紀をどこかに連れ出してしまおうと思った。

「どこか行きたいところはある？」

助手席の裕紀に聞いてはみたが前を向いたまま答えない。

「とりあえず天気がいいから、ドライブしよう。おかあさんは仕事で疲れてまだ寝ているし」

「おかあさん？」裕紀が俺の顔を見上げて言う。

「そう。真弓。ま、ゆ、み、おかあ、さん」

俺は音節を区切るように大きな声で言った。

「僕のおかあさんは真弓じゃないです。倫子(みちこ)です。美容師さんです」

断言するような物の言い方だった。倫子というのは、真弓の元旦那の再婚相手で、美容師をしていて、つまりは裕紀の血のつながらない母で、裕紀を見放した母で、それでも裕紀はまだその継母を母親だと思っている。思い返してみれば、この前のファミレスでだって、真弓は自分をおかあさんとは呼ばなかったし、裕紀もおかあさんとは呼ばなかった。親戚のおばさんか何かだと思っているのか。

市街地を抜けて、湖に続く道を走った。

その湖を選んだのは、もしかしたら友人の雄三がいるかもしれない、と思ったからだ。裕紀にとって湖に行くことが楽しいのかどうなのかはわからない。だったら自分の行きたいところに行こうと思った。

初老の男がこっちに歩いてくるな、と思ったが、それが雄三だとわかったとき、思わずぎょっとした顔をしてしまった。俺と同い年のはずなのに、驚くほど太り、老けている。

よお、と俺の顔を見て発した声さえも老けた気がする。雄三はちらちらと裕紀に目をやる。

「へっ、おまえの？　子ども？」

「違う。親戚の子ども、今日だけ預かってんの」

ふうん、と言いながら、雄三の視線は裕紀の全身を上下する。

「平日なのに？　学校は？」

雄三の詮索(せんさく)が面倒くさくなってきて俺は黙った。

裕紀は俺と雄三から離れ、ボートハウスのそばにしゃがみ、小石か何かを指でいじっている。裕紀の事情を雄三に話せば、瞬く間にあらゆる場所に話が広がるだろう。

「誘拐とかじゃないよね」

「まさか」

「冗談だって。まあ、とりあえず座りなよ。コーヒーでもおごるから」

ボートハウスの前にある朽ちかけたベンチに雄三は俺を座らせ、紙コップに入れたコーヒーを俺に渡すと、もう一度ボートハウスに入っていき、白いソフトクリームを手にし、裕紀に近づいて渡した。

「ありがとうございます」と裕紀が頭を下げた瞬間にソフトクリームの半分が土の上に落ちた。

ははっと俺が笑ったのを見て、雄三もいっしょになって笑った。裕紀は俺たちには近づかず、裏返しに干されたボートの上に座ってアイスを舐めている。富士山を裕紀に見せたくて来たのに、今日は雲に隠れて見えない。

「あの子、俺んとこの二番目の子どもと同じかもしれない」

「え」

「いや、そうじゃないかもしれないけど。でもたぶんそう」

「知らなかった」

「意外に多いもんだよ。昔なら、なんとなくごちゃっとクラスに交じってて、のんびりした子とか、ちょっとどんくさい子、とかさ。そんなふうに紛れてたんだよたぶん。だけど、今はね……親も神経質に子ども見てるからな。自分の子もよその子も。悪目立ちする子はすぐにつまみあげられる」

雄三がおごってくれたコーヒーを一口飲んだ。相変わらずまずい、そして熱すぎる。

「おまえさあ……」そう言ったまましばらくの間、雄三は黙っていた。厚い雲に隠れていた太陽がほんの少しだけ顔を出して、俺はまぶしくて目を細めた。

「バツイチの女とつきあってるって聞いたぞ。まさかあの子」

誰に聞いたんだよ、とつっかかりたかったが黙っていた。狭い町だ。噂なんか放っておいても伝染病のように広がるのだ。

「日奈、帰ってきてるぞ。一人で住んでる、あの家に」

俺は雄三の顔を見て、それから湖を見た。鏡のような湖面を。今聞いたことをなしにしたかった。裕紀はまだ、さっき半分落としたソフトクリームを舐めているが、溶けたアイスで手が白く染まっている。手を洗わせなくちゃ。また、服を汚して真弓に怒られる。

「俺はさ、高校の卒業間近に嫁さん妊娠させただろ。だけどさ、俺の子どもっていう確証があるかどうか俺はわかんないのよ今でも。二人目の、その子どもは俺の子どもだと思う。それは確か。……だけどね、最初の子どものことはほんとにわかんねえ。嫁さんなんて、俺以外の何人ともつきあってたの、おまえだって知ってるだろ。自分も子どもだったからさ、女の子に妊娠したって言われればそう信じちゃうのよ。責任感じたりして。向こうの親からもガンガン責められるし。でもさ……」

　そこまで言って雄三は煙草を口にくわえたが、くわえただけで火はつけず、それを指でつまんだ。

「責任感じて誰かと生活する、っていうのがいちばんだめだって。相手も自分も不幸にするような気がする。んなもん背負わなくていいんだよ。楽なほう選べよ」

　乾いた唇についた煙草のフィルターを指でつまみながら雄三が言う。

　俺は空になった紙コップをくしゃり、と指でつぶした。俺は裕紀を呼んだ。おどおどした様子で裕紀が近づいてくる。目を離したすきに、トレーナーのおなかの部分には、溶けたアイスがべっとりとついていた。それを見て雄三は笑い、

「濡れタオル持ってきてやるよ」と言ってボートハウスのなかに入って行った。よく見ると、裕紀の口の端にもアイスがついている。

「あーあ」と俺が大げさに言うと、裕紀はまた叱られると思ったのか、目をぎゅっと閉じて体をかたくしている。

「違う。怒ってるんじゃないよ」そう言ったのに裕紀の目から涙がこぼれた。その涙を見て、俺はもう日奈の家を見に行く気になっていた。一人では行く勇気はなかった。けれど、裕紀といっしょなら行けるような気がした。

駅前の大通りから一本外れた道を走り、車一台通れるくらいの細い道に入る。日奈の家はもう今にも朽ちてしまいそうに荒れ果てていた。家と同様に庭も荒れ果ててはいたが、草が生え放題、というのでもない。ほんの一週間前に刈った草がそのまま伸びているかのようだった。道はつきあたりでこの日奈の家が最後なのだから、車の停まった音がすれば、なかにいる誰かは、つまり日奈は気づいて家から出てくるはず。車のなかで待ったが、誰かが出てくる気配はない。隣の裕紀はなぜだか黙ったまま体をかたくしている。

「ここはおばけ屋敷ですか？」と裕紀が聞いたので思わず吹き出してしまった。確かに日奈の家は古すぎて、近所の子どもから妖怪ハウス、と呼ばれていたのだ。

「違う違う。おばけは住んでいない。人間の家だよ」

裕紀がほっとした顔をした。しばらくの間、車のなかにいたが、日奈の家を見ただけで満足してしまった俺は、再び車のエンジンをかけ、今来た道をバックで戻り始めたのだった。

「裕紀、ここに来たことは秘密だよ」

走りながらそう言うと、裕紀は神妙な顔で頷いた。

家に帰ったときには、もう日が暮れていて、玄関ドアを開ける前からカレーの香りがした。

俺と裕紀に「おかえり。早く手を洗って。もう少しでできるから」と言う真弓は上機嫌だ。疲れた顔もしていない。俺と裕紀は洗面所で並んで手を洗った。

テレビをつけてから、俺は文房具屋で買ったものをテーブルの上に取り出した。

新聞紙を広げ、一本の鉛筆を手に、カッターで削る。削りながら、今の小学生は鉛筆ではなく、シャープペンシルを使うのでは、と思わないこともなかったが、裕紀のためではなく、俺は単純に鉛筆を削る、という作業をしたかったのかもしれなかった。カッターの刃で木の部分を削いでいくと、すぐに黒い芯があらわれる。芯を長めに残して、さらにまわりの木を削り、芯を尖らせた。裕紀は興味深そうに見ているが、手を出そうとはしない。

「やってみるか？」と聞くと、こくりと頷いたので、裕紀を俺のあぐらの上に座らせた。わかってはいたけれど、組んだ足に裕紀の重みがかかるとつらい。けれど、耐えた。背中から裕紀の体に手をまわし、両手をとる。左手に鉛筆、右手に短く刃を出したカッターを持たせた。その手を俺が持って、そっとカッターの刃を鉛筆の端に滑らせた。裕紀の手はまるで力が入っていなかったから、俺が削っているようなものだったけれど、新聞紙の上に削りカスが落ちて、次第に芯があらわれてくる様子を裕紀はおもしろがった。一本削ると、次の一本を俺に差し出す。その一本を俺と裕紀はまた削った。

「今日、どこに行ってきたの？」キッチンから顔を出した真弓が聞く。

「おばけ屋敷です」裕紀が大きな声で答えた。おい、と心のなかで思ったが、

「湖のほうだよ、ほら、友だちがボートハウスしてる」とすぐに訂正した。真弓はその答えを聞いたのか聞いていないのかわからなかったが、適当に頷き、

「ごはんできたよ。早く早く」と俺と裕紀をテーブルに座るよう促した。

カレーライスを三杯おかわりした裕紀は、車に乗って疲れたのか、この前と同じ、テレビの前に敷かれた布団に横になり、早くも寝息を立てている。俺はリビングの電気を消し、襖を閉めて、ダイニングテーブルで真弓と向かい合った。真弓は明日も仕事が休みだ。休みの前には大量に酒を飲む。そして、意識を失うように眠りにつき、昼過ぎまで、ひどいときは夕方まで寝ている。けれど、明日は裕紀がいる。夕食のときに発泡酒を一缶空けただけだ。

「三人で車でどこかに行こうか」と言いかけたところで、

「父親気取りみたいなことやめてよ。父親じゃないんだから」と真弓が怒ったように言う。

「そういうつもりはないけれど……」

「情みたいなものに流されるの、海斗の悪いくせだよ」

「流されているつもりもない」

喧嘩をふっかけるような口調になるのは真弓が酔っている証だ。今日はそれほど酔っていないはずなのに、妙に俺につっかかる。真弓は大事な話を切り出したくて、その糸口をうま

くつかめないんだろうという気がした。

楽なほう選べよ。今日、湖で雄三に言われた言葉が頭をよぎる。

「結婚しよう」

「馬鹿」

真弓が発泡酒の空き缶を投げつけたが、俺はそれを素早くキャッチした。

「裕紀と三人で暮らそう」

「馬鹿じゃねーの。裕紀、普通の子どもじゃないんだよ」

「介護やってる俺と真弓なら育てられるって」

「子育てと介護じゃぜんぜん違うって、海斗、何もわかってないよ」

真弓の声が次第に大きくなってきたので、俺は自分の唇にひとさし指をあて、隣のリビングを指さした。諍（いさか）いの声で裕紀に目を覚ましてほしくはなかった。真弓は立ち上がり、冷蔵庫から新しい発泡酒を取り出す。プルタブを引き、半分ほどを喉を鳴らして一気に飲んだ。

「好きな男がいる」そう言いながら、真弓が俺の顔を見る。

「東京でデイサービスと住宅型有料老人ホームをたくさん経営している男なの。半年前にうちの施設に見学に来て知り合った。その人が東京に来ないか、うちの社員にならないかって」

俺は黙ったまま真弓の話を聞いていた。

「あたし、もう疲れちゃった。介護士やめたい。……結婚して楽したい」

「介護士をやめる？」

「介護士なんて、どれだけ働いても給料なんかたかが知れてる。海斗がなったケアマネだってたいして給料が上がるわけじゃない。それから大学行って社会福祉士になって、それでいくつになる？　給料がいくらになる？　あたし、それなら人を使うほうにまわってみたい。大学にも行かせてくれるってその人が。あたしは楽なほうでいきたい」

いきたい、が、行きたい、なのか、生きたい、なのか、俺には判別がつかなかった。

「裕紀はどうするんだよ」

「東京の支援学校に入れるよ。その人がなんとかしてくれる、って」

真弓の話を聞きながら、どこまでが本当の話なんだろう、と思っていた。

真弓の言葉すべてが嘘のような気もしたし、そうであってほしいとも思った。けれど、真弓の話が本当だとしたら、ほっとしている自分もいるのだ。結婚しよう、とさっき真弓に放った俺の言葉も本心じゃない。結婚という言葉を真弓に対して一度は音にしておきたい。三年暮らした責任から出た言葉だ。二人とも本当のことを口にしないまま、自分の気持ちを打ち明けるふりをして、目の前の人と別れようとしている。大人はどこまで馬鹿なのか。

俺と真弓は、あっけなく二人の生活が終わっていくことに抵抗すらしない。真弓が残した発泡酒を俺は飲み干す。ぬるくなればなるほど舌に苦みが広がる。

「でも、明日は三人で過ごそうよ」

ふいに立ち上がった真弓の背中に向かって俺は言う。

真弓がリビングの襖をそっと開けながら、

「そうだね」と答える。真弓の背中はこんなに小さかったかと俺は思う。

「海斗」振り返って真弓が俺の顔を見る。何かを言いたそうに。

「……まあ、いいか」真弓がそっと襖を閉めた。

目的地を決めずに、俺は車を走らせた。真弓の言うことが本当ならば、裕紀に富士山を見せてやりたかった。街を抜けて、カーブの続く湖沿いの道を走り、樹海に続く道を行く。

「風穴って何?」真弓が看板を見て言った。

「横穴だよ。洞窟みたいな横穴が続いているだけ。別におもしろくもなんともないよ」と言った俺の言葉に、ふうん、と興味のない返事をしたので通り過ぎようとしたが、

「トイレに行きたいです」と後部座席の裕紀が突然言い出したので、風穴の入り口に車を停めた。入り口にある売店の奥に裕紀と真弓が歩いていく。先に裕紀が出てきたので、売店で

コーヒーとジュースを買って店の外で二人で待った。

店を出て左側に歩いていけば、もう樹海のなかだ。昼間でも暗い鬱蒼とした森がここからも見える。苔で覆われた隆起した溶岩や倒木を見ていると、そこに緑色の大きな生き物がいるようにも見える。

「あの……」裕紀が口を開く。

「なに?」裕紀の目は樹海の奥をおびえたように見ている。

「僕は捨てられますか?」

「はい?」

「僕はここに捨てられますか?」裕紀が俺を見上げて言う。

「悪いことをしたから僕を捨てる、っておかあさんが」

「どっちの?」

「倫子おかあさんです。だから僕、おうちに帰れない。おばあちゃんの家から帰れない。僕、自分のおうちがどこにあるかもわかんないし」

裕紀は手の甲を目のあたりに押しつけて泣き出した。泣き声は次第に大きくなり、前を通り過ぎる観光客がじろじろと無遠慮に俺と裕紀を見る。裕紀はナップサックを背負ったままだ。その口がだらしなく開いている。俺が買ってやった筆箱が見えた。俺はそれを取り出し、なかから油性ペンを手にとる。裕紀の手を広げる。死んだ親父や、介護施設の利用者と同じように、裕紀の手のひらにも太い三本の線がある。俺はそれを油性ペンでなぞる。三本の線を一筆書きのように一本の線につなげた。ちょうどMの字のようになる。

「この前、プラネタリウムで見ただろ。昔の人は星と星をつなげて星座の形にして方角を知った、って。これは、裕紀の星座。裕紀の手のひらにこれがあるから、絶対に裕紀は迷わない。それに」

裕紀は俺が書いた手のひらの太い線を指でこすって消えないかどうか確かめている。

「裕紀のこと、誰かが捨てたりしない。もし、もしも、そんなことが起こったら」

俺は筆箱の表面にひらがなで「かいと」と大きく書き、自分の携帯番号を書き付けた。

「ここに電話すること。これはおにいさんの電話番号。わかった？」

うん、と頷いたものの裕紀は不安そうだった。

情みたいなものに流されるの、海斗の悪いくせだよ。昨日、真弓に言われたことを思い出した。確かに、そうなのかもしれなかった。だけど、そういう自分じゃなきゃ、介護の仕事をやろうなんて思いもしなかった。

俺も油性ペンで自分の手のひらにある三本の線をつなげた。Mの字になったその形を裕紀に見せると、裕紀が背伸びをして自分の手のひらを俺の手のひらにくっつけた。ぷっくりと肉のついた裕紀の手のひらは、あたたかかった。

「あんたたち何してんの」

トイレから戻ってきた真弓が、ハンカチで手を拭きながら、気持ち悪い物を見るような目で俺と裕紀を見た。


一カ月の休みの終わりに、真弓と裕紀は東京へ引っ越して行った。真弓が言っている男が本当にいるのかどうか最後まで俺は信じてはいなかったが、引っ越し荷物がすべて運び出された部屋に、真弓を迎えに来た男がくれた名刺には、確かに株式会社の名前と取締役という肩書きがついていた。

「東京でやりませんか？　私といっしょに。介護の仕事。ケアマネされてるんですよね？」

男はそう言って握手を求めてきたが、つきあっている女の元の男にそんなことを言う人間なんて信用できるわけがない。男が運転する車の助手席には真弓が座り、後部座席には裕紀が緊張した顔で乗っていた。俺は男が一度上げた窓をノックしてもう一度開けさせた。

「裕紀のこと、どうぞよろしくお願いします」

俺がそう言うと、男は頷き、すぐに窓を閉めて、車を発進させた。まるで二人を連れ去るように。東京に向かって車が走り去って行く。

みんな、この町を捨ててどこかに行ってしまう。俺だけがいつもここにいる。

真弓の荷物がなくなった部屋にいたくなくて俺も車に乗った。確かめておきたい場所があった。そこにいるのか、いないのか。大通りから一本外れた道を十分ほど走り、消防署の角を曲がって、山に続く道を上がっていく。車が一台やっと通れるくらいの細い道だ。その先に廃屋みたいな家がある。裕紀はおばけ屋敷だ、と言った。そう言った裕紀の顔を思い出して、目の端に涙が浮かんだ。車を途中で停めて、五分だけ俺は泣いた。なんで泣いているのかは自分でもわからなかった。親父がいなくなったことや、介護している人たちがたくさん死んでいったこと、そんなことにも日々麻痺していくこと、ずっと続いていくと思い込んでいた真弓との生活のあっけない終わり、一瞬でも心が通じあった裕紀と別れたことが、ひとつのかたまりのようになって、俺の胸のあたりを冷やし続けていた。泣かなければ溶けないようなそんなかたまりの存在を無視し続けていたら、いつの間にか泣けない人間になっていた自分が少し哀れに思えた。

ハンドルに突っ伏して泣いていると、コツコツと窓を叩く音がした。最初は小鳥か虫か何かだと思った。小さな生き物が窓にぶつかる音だと。顔を上げ、横を向く。日奈が、俺の車の窓を叩いている。俺は窓を開ける。泣き顔のまま日奈の顔を見る。

日奈も俺も何かを言おうとして言えないままでいた。頭の上を甲高い鳴き声の鳥が横切っていく。強い草のにおいがして初めて気がついた。俺は視線を落として日奈の手を見る。最後に見たときよりもずいぶんと皺の増えた手だ。切ったばかりの草の束が握られていることに気づく。さわさわと葉が鳴る音がして、弱い雨が降ってきたことを知る。小さな雨粒が、日奈の顔に降り注ぐ。

出て行く者もいれば、戻ってくる者もいる。

町も、富士山も、この家も、今はまだ、ここにある。

「おかえり」

俺が言うと、日奈は目尻に皺を寄せて、わからないくらいのかすかな微笑みを返した。

よるべのみず

「日奈ちゃんどう思う？　反対運動をしようかって話もあるのよ。結局、道路を作るだけじゃなくて、最終的にはそれに続く山を削って、トンネル掘るって計画なんだよね」

おむつを替えている私に、村松（むらまつ）さんがまくしたてる。

訪問介護で訪れた利用者宅では、介護に必要な会話以外は最低限に、というのは介護士が守るべき基本的ルールだが、私のことを幼いときから知っている村松さんの家では、それがどうしてもほころびやすくなる。たわいもない、いつもの世間話なら、適当に相槌（あいづち）を打つこともできたが、今日の話は壮大すぎた。

「自然破壊にもつながるじゃない。山を削るなんて。私はやっぱりそういうの、よくないんじゃないかって思うのよ」

迷ったすえに黙っていた。「ええ」とも「そうですね」とも言えない。同意ととられては困る。その代わり、介護ベッドに寝ている村松さんのおじいちゃんに「さっぱりしましたね」とだけ声をかけた。おじいちゃんは表情を変えずにただ頷く。

コールボタンひとつで、二十四時間いつでも介護士が駆けつけるサービスを提供する事業所に勤め始めて、半年が過ぎた。利用者宅にコールボタンが貸し出される。介護士を呼びたいときにコールボタンを押すと、会社につながり、オペレーターが状況を確認する。緊急度や内容によって、介護士が利用者宅に派遣される。そういうシステムになっていた。今日は早番だったのであらかじめ午後に入っていた予定を終えても、終業の四時には上がれるはずだったが、仕事終わりの直前、二件の緊急コールがあり、その仕事が私に振られた。

最初の訪問宅を出て、村松さんの家に到着した頃には、すでに午後五時を過ぎていた。村松さんは訪問介護やデイサービスを利用しながら、自分のおとうさんの面倒をみている。普段のおむつ替えも手慣れたものだが、予想外に大量に便が出てしまったりして、手に負えないときなどにコールがある。チーフは、もう今日はそのまま帰っていいよ、と言ってはくれたが、私は仕事を終えても「その話」を村松さんとするつもりはなかった。

「あ、村松さん、すみません。私、次のお宅に急がないといけないので」

つるりと嘘をついて、私は広げた荷物を仕事用バッグに突っ込み部屋を出た。

廊下に出ると、空気が刺さるように冷たい。このあたり特有の寒さが、しぶとく居残っている。ふいに玄関脇の部屋のドアが開いた。灰色のスエットの上下に黒いダウンベストを着た男性が顔を出した。去年の終わり、息子の俊太郎（しゅんたろう）さんが東京から帰ってきたと、村松さんから聞いてはいたが、私が最後に見たのは、高校生のときの俊太郎さんなので、目の前にいる男性と俊太郎さんが結びつかなかった。寝ていたのだろうか、ひどくむくんだ顔に無精ひげが目立つ。

「めしは？」俊太郎さんが私の後ろにいた村松さんに声をかける。

「今それどころじゃないわよ。適当に食べてよ」村松さんが尖った声で返す。

私は何も聞かなかった顔をして、玄関でスニーカーを履いた。

「じゃあ、失礼します」と顔を上げると、どこか納得していない表情の村松さんと、村松さんにそっくりな顔をした俊太郎さんが並んで私を見ていた。

村松さんの家の前に停めた車に乗り込み、シートベルトをしめる。私は今見た村松さんの家のなかのことを忘れるように努める。意識的にそうしないと続かない。訪問介護の仕事をするようになって、より強くそう思うようになった。

道なりに十分ほど走れば、私の家に着いてしまうが、私は車を一度バックさせてから反対方向、駅前の繁華街に向かった。不動産屋にお金を払いに行くのだ。

私が住んでいる家と庭の半分が、道路の拡張にひっかかると聞いたのは、去年の秋のことだった。この町に、あの家に戻ってきて半年が過ぎていた。その話を聞いた当初は、私も村松さんのように混乱していた。おじいちゃんと暮らした家だ。勝手になんてことをするのだ、と怒ってもいた。

けれど、私の家への愛着以上に、あの家の寿命が来ていた。

なんとなく床が傾いているのでは、と思っていたけれど、台所の床に落とした桃缶が勝手口のほうに勢いよく転がっていくのを見て確信した。去年の夏の終わり、台風がやってきたときには、寝室にしている部屋の天井から雨漏りし、ベッドに寝ている私の顔を水滴が濡らした。あの家がなんとかもっていたのは、おじいちゃんがこまめに手を加えていたからだ、と気がついたときには遅かった。家の手入れは、すぐに伸びてくる庭の草を刈っているだけで十分だと私は思い込んでいた。

リフォーム会社の人に相談したこともあったが、「この状態ならいっそのこと家を壊して、一から建て直してしまったほうが安いし、安全ですね」と言われた。今の家の形を保ったまま改修するならこの金額、と提示されたが、とても自分が払える金額ではない。

「三年も放っておくからだ」と家に責められているような気分になった。確かに、再びあの家に暮らすようになってから、あらゆる場所の傷みがあらわになった。私がいない間にあの家はどこかで決定的なダメージをくらったのだ。いや、私がそんな目に遭わせた。そんなふうに考えているときに、道路拡張工事の話を聞かされた。ちょうどいい節目なのではないか。この家を成仏させてあげたいと私は思った。

だから、さっき、村松さんが言っていたような、道路拡張工事の反対運動に加わる気はさらさらなかった。村松さんには話さなかったが、私は年明けには、家と庭の半分を手放すことで受け取ることのできるお金を手にしていた。私を含めて、今度の道路拡張にひっかかる人たちの半分以上が、すでに家や土地を手放すことに決めているのだと聞いた。

コインパーキングに車を停め、不動産屋に歩いていく。駅からさほど遠くないワンルームマンション。次に住むのなら、あの家とまるで違う家がよかった。できるだけ狭く、必要最低限のことだけできる家。そうじゃないといけないような気がした。

一度見ただけで決めたその部屋の壁は、どこもかしこも真っ白で、お風呂とトイレと洗面所がいっしょで、あの家とは何もかも違った。狭いベランダには植物のプランターを置くとだって難しい。それでも眠る一部屋さえあれば、どんな部屋でもよかった。

この頃は、仕事をしているだけで、何にも心を動かされない。おいしいものが食べたいとか、あそこに行ってみたいとか、昔の自分にはあったそんな欲望が今の自分にはまるでなかった。そして、それをおかしいことだと思わない自分がいた。目の前に座る不動産屋の男性に白い封筒を差し出す。紙幣を数え終え、「確かにお預かりしました」と男性がかすれた声で言う。いくつかの書類に言われたとおりに記入し、判を押した。代わりに、銀色の真新しい鍵が二本手渡された。手のひらに載せられたその鍵は、まるで空気でできているかのように軽い。その軽さが、あの部屋に釣り合っていると思った。

私からいちばん遠い席に海斗が座っていた。

個室に入っていくときに一度目があったが、ただそれだけだった。

専門学校時代の同級生八人が駅前の和風居酒屋に集まっていた。卒業後も職場が同じでない限り、同級生同士が会うことはめったになかった。去年一度、「日奈がこっちに戻ってきたらしいから」という名目で集まり、それ以来、毎月第三金曜日の夜に来られる人だけ来ればいい、というゆるいルールの飲み会が開かれるようになっていた。私も夜勤があったり、体調が悪いときは行かなかった。

　皆の話によれば、同級生たちの半分はもう、なんらかの理由で介護士の仕事をしていないようだった。海斗のようにケアマネになったり、大学に行って社会福祉士になった友人もいた。けれど、介護の現場にいまだにいる皆が、口にすることにはあまり変わりがなかった。

　仕事がきつい、給与が安い、外国人が介護の仕事をするようになったらいったいどうなるんだろう。

「学校のとき、先生たち言ってたよね。これから高齢者は増え続けるんだから絶対に介護の仕事はなくならない、給与も上がるって」

　私の向かいに座っていた木下（きのした）君が言う。

「嘘じゃん」

「嘘」「嘘」酔いにまかせて皆の声が大きくなる。

「もう腰とか肩とか、がったがたなんだよね。この仕事あと何年もできないような気がする」

そしてまた、自分の体の不調や故障についての告白が続いた。

「三十代でこんなじゃ、一生介護士続けるなんて無理じゃね」

肘に白いサポーターを巻いた安斉君が笑いながら言ったが、皆、同じことを思ったのか、黙ったまま、酒やつまみを口にしている。

「結婚もできないしさあ」

私の隣のこずえちゃんが沈黙を破るように声をあげた。今ここにいる半分は既婚者で、子どもがいるのは一人。それ以外は独身だった。こずえちゃんと木下君はつきあっていたはずだけど、別れたのか、と私は心のなかで思った。同級生同士がつきあったり、結婚したりというのは、時々、話題にはなるが、それ以上に広がらなかった。触れられたくないことを誰もが抱えていた。私と海斗がつきあっていたことも、別れたことも、好きな人ができてこの町を出たことも、ここにいる皆が知っているはずだったが、素知らぬふりをしてくれた。そんな気遣いが三十という年齢なのか、とも思った。

「でも今、大変なのは介護職だけじゃないでしょ。俺の高校のときの先輩、東京の大学行って向こうで就職したけど、会社めちゃブラックでさ、メンタルやられて、今、実家で引きこもりよ」

「それに比べれば」

「仕事があるだけ幸せなのかも」

「ここでならなんとか暮らしていけるし」

集まりの終わりは、いつもこんな会話で締めくくられた。あれに比べればまだまし。そういう話をして、私たちは不安を解消させた。不幸せの事例を出して幸せを相対的なものとして語った。それは、明日もまた介護の仕事を続けるためのカンフル剤のようなものだった。

毎回、同じ話をして、同じ流れで、集まりは終わる。そこにかすかな老いのようなものを感じずにはいられなかった。私たちはもう、専門学校を出たばかりの若い人間ではない。介護される人たちと、自分たちとの間にはずいぶんと距離があったはずなのに、数十年後には自分たちが介護される未来が必ずある。それがかすかにもう見えている。

集まりの終わりには、同じ方向に帰る者同士でタクシーに乗った。

私は今日、あの部屋に泊まるつもりでいた。けれど、自分の家が道路の拡張でなくなることも、ワンルームマンションを借りたことも、皆に言えないでいた。高額の宝くじに当たったような後ろめたさがあるからかもしれない。けれど、まわりにうらやましがられるほどの大金が入ってきたわけでもない。正直なところ、これだけなのか、という思いのほうが強かった。

マンションにはこの居酒屋から歩いて帰れる。

「あれ、日奈、乗らないの？」

こずえちゃんがタクシーの列から離れる私に言った。

「うん、今日は……」言葉を濁した。

「ふーん」とこずえちゃんは言いながら私に近づき、耳元で「彼氏？」と聞いた。私が「違うよ」と言うと、どこか納得しない顔で列に戻っていった。

「じゃあここで」と私が皆に向かって言うと、それぞれがじゃあね、また来月と言いながら、私に手を振る。海斗だけが私のほうを向かなかった。酒に酔った赤い顔をして、あらぬ方向を見上げている。海斗が向いているほうに顔をやると、クリーム色の小さな月があった。素知らぬ顔で月を見ている姿が海斗らしいと思った。

去年の梅雨の頃、海斗が私に向かって放った「おかえり」。私と海斗はそれ以上の会話を交わしていなかった。

時々、月を見上げながら、私はマンションまで歩いた。

エレベーターで六階まで上がる。ドアを開け、真っ暗な部屋に入った。照明はつけなかった。掃き出し窓にはカーテンすらない。黒い窓に近づいて、町を見下ろした。駅、アーケード、信号機、どこかに走って行く車の灯り。人の姿は見えなかった。今まで平屋で暮らしていたから、見下ろすという視点に慣れない。振り返ると、買ったばかりのシングルの布団一式がビニールに包まれたまま、壁際に置かれている。私はフローリングの床に腰を下ろし、上半身を布団に預けた。両腕を上げると、凝りに凝った肩まわりに血がめぐっていくような気がした。隣の部屋だろうか、人の話し声がする。時折、笑い声が混じる。テレビかもしれない。この部屋で私はたった一人で死んでいくのかな、とふと思う。それを寂しいとも思わない自分だけが、この部屋にいる。

村松さんからのコールはそれからもしばしばあった。たいてい、おむつを替えてほしい、という要望だったが、それは村松さんにもできることで、私のような介護士を呼ばなくてもいいはずだ。けれど、そんな疑問は呑み込んで、呼ばれれば村松さんの家を訪れた。それが私の仕事だからだ。村松さんは私が来るのを待ちかまえていたかのように、おむつを替える私のそばに立ち、口を開いた。

「日奈ちゃん、もう決めちゃったんだってね。聞いたわ」

私は一瞬手をとめて、村松さんの顔を見た。

「一言相談してくれてもよかったのに……」

「……すみません」

謝るのは本意ではなかったけれど、村松さんの言葉を無視したと思われたくなかった。私はおむつ替えを続けた。

村松さんは子どもの頃から私をかわいがってくれた人だ。おじいちゃんと二人暮らしの生活を見守ってくれた人でもあった。夕飯時には何か一品「食べてね」と持ってきてくれたり、私の制服のスカートのほつれを見つけて縫ってくれたこともある。

村松さんの旦那さんが亡くなったのは、私が高校生のときで、それ以来、村松さんは自分のおとうさんをこの家に呼んで、二人で暮らしていた。俊太郎さんは、私が中学生のときには、もう東京の大学に行っていていなかった。おしゃべり好きな村松さんと違って、口数の少ないおとなしい人だった。小学生の頃は昆虫が好きで、中学生になると私のおじいちゃんと、私の家の縁側でよく将棋をさしていた。「俊太郎君はとても勉強ができるんだ」とおじいちゃんは何度も私に話した。

「若い人はいいね。すぐに気持ちの切り替えができて。うちなんかどうしたらいいんだろ。おじいちゃんと暮らせる家なんて見つかるのかしら」そう言ったあと、村松さんははーっと大きなため息をつき、部屋を出て行った。

おむつを替えながら、介護士としては、村松さんのおじいちゃんを介護老人福祉施設などに預けるという方法もあることを伝えるべきだろうと思った。どのタイミングで話すべきだろう、と考えながら、私は村松さんのおじいちゃんの血圧と体温を測り、顔色がよいことを確認して部屋を出た。

廊下を進むと左側に台所があるが、そこに村松さんの姿はない。ダウンのベストを着た俊太郎さんの背中が見えた。テーブルに向かって座り、白い薬袋から取り出したアルミのシートを押して、自分の手のひらの上に薬を出している。黄色い楕円形の錠剤と白い丸い錠剤。八錠、十錠はあるだろうか。風邪薬のようでもない。何か持病があるにしても、その数の多さに少したじろぐ。

「あの、村松さんは……」

私の問いには答えず、俊太郎さんは手のひらの錠剤をペットボトルの水で一気に飲み込んだ。

「……また、どっかのうちに道路のこと話しに行ったんでしょ。反対するって大張り切りだから。それしかストレスを発散させる方法がないんですよ。今、あの人には」

俊太郎さんは私のほうを振り返りもせずに言う。

あの人、という言葉がやけに耳に残った。

「じいさんは寝たきり、息子は鬱病で引きこもり、住み慣れて思い出のある家も道路にひっかかる、となったらあの人もやりきれないんだろうなあ」

まるで他人ごとのように話す俊太郎さんの、かすかに高い声は、私が覚えている声とまるで変わっていない。けれど、こんなによくしゃべる人ではなかった。背中もずいぶんと丸い。高校生の俊太郎さんは、シャツのなかで上半身が泳いでいるような、細い人だった。その頃の面影はまるでない。体重もあの頃の二倍には増えているのではないか。俊太郎さんの話は終わらない。

「僕はすっかり負け組ですからね。もう上には行けません。どっかに低賃金で雇われてこき使われて働く気もさらさらありません。この家を売ってあの人がどうするか知らんけど、その金もこの家の人間の生活費になるんですよ。ただ、死ぬまで食ってくための金に。このうちには働いてない人間が三人。生産性はゼロだ。あの人が面倒みたじいさんがいつか死んで、今度は僕があの人の面倒みるんです。あの人のおむつなんて、僕に替えられるのかな」

「替えられますよ」思わず答えていた。

俊太郎さんが振り返って私の顔を見た。私が答えたことに驚いたのか、かすかに口が開いたままだ。

「……日奈ちゃんはそりゃ、介護士だから」

日奈ちゃん、と俊太郎さんが私のことを呼んでくれたことに、今度は私が驚いていた。俊太郎さんに日奈ちゃんと呼ばれるのは何年ぶりだろう。

「日奈ちゃん、これ、オオムラサキじゃないかと思うんだ」

そう言って虫かごのなかにいる蝶を見せてくれたのは、確か私が小学生の頃だった。そのとき以来、俊太郎さんから名前を呼ばれたことはないのではないか。

俊太郎さんはじっと私の顔を見つめている。その視線の強さに、目を逸らしたのは私のほうだった。

「おじいちゃん、今のところお元気です。何かあったらまたコールボタンで呼んでください」

私はそう言うと、スニーカーをつっかけたまま、村松さんの家を出た。背中に俊太郎さんの視線を感じながら。

新しい部屋には何を持っていこうかと考えた。テレビ、ちゃぶ台、茶箪笥、柱時計。どれもあの部屋には似合わない。おじいちゃんと両親の位牌、アルバムをいくつか、それだけでもう十分だという気がした。睡眠や食事、入浴に必要なものは新しく買いそろえるつもりだった。一年分の洋服は、段ボール三箱に収まってしまった。あの部屋の狭いクローゼットのなかに、プラスチックの衣装ケースを置けば、すべて収納できるだろう。仕事をしているときは制服で、家に帰ってきたら部屋着のようなものに着替えるけれど、高価な服を着るわけではない。一年中、デニムかコットンのパンツ。夏になれば半袖、冬になれば長袖。もっと寒くなればダウン。ちょっとだめになってきたかな、と思えば、ショッピングモールに行って服を買えばいい。

化粧にもそれほど興味はない。昔、そうだ、宮澤さんと初めて会ったときのことだ。宮澤さんの奥さんに（そのときはその人が奥さんだと知らなかった）取材のために質問をされて、あまりにも趣味がないことに驚かれたことを思い出した。

元気だろうか、と思いながら顔を上げ、庭を見た。庭はこの家を売ると決めたときからそのままにしていた。半分は残る。けれど、たいした広さではない。新しくできる道路のそばに、中途半端に庭だけが残っても、どうなるものでもない。どうしたらいいのか。私は考えあぐねていた。

宮澤さんは丁寧に草を刈ってくれた。この家に戻ってきて、宮澤さんを恋しく思い出したことは一度もない。宮澤さんと別れてから、私のなかから、誰かを好きになったり、恋しく思ったりする、いや、もっとそれ以前の、喜怒哀楽という基本的な感情のようなものが限りなくゼロに近づいていた。

今、仕事をしている会社でも、訪問介護で訪れる家の人たちとも、スムーズに会話ができるし、笑うことだってできる。仕事は目をつぶっていてもできる。食事もとれるし、眠れないということもない。けれど、ある瞬間にふいに気づくのだ。親知らずを抜いたあとの歯茎のように、舌で触れたときだけわかる大きな穴が、自分のなかに空いていることに。

仕事場の同僚や、同級生の集まりでも、皆、「恋愛がしたい」とか「彼氏・彼女が欲しい」と口にする。私は笑ってそんな会話を聞きながら、もう自分は一生、人を好きになることがないのかもしれないと思う。そのことに危機感すら抱いていない。同僚から誘われた合コンにも行かなかった。そこで誰かと出会ったり、好意を持ったり、反対に持たれたり、という状況がいやだった。誰とも深くかかわりたくない。それが私の本音だった。そう思うたび、宮澤さんのことが頭に浮かんだ。これは後遺症だ。宮澤さんという人を好きになり、いっしょに暮らしたことの痕跡。それが唯一、宮澤さんが私に残してくれたものなのかもしれなかった。

そんなことを考えながら、新しい部屋に運ぶ少ない荷物を車に積んだ。

車で二、三回、往復すれば、もうそれで引っ越しは終わってしまうだろう。この家が取り壊されるのは四月だが、ベッドはそのままにして、取り壊される日まで、新しい部屋とこの家の両方で過ごすことにした。

この家は、私が壊してしまう、と決めてから、ダムが決壊するように、さらにいろんなところでトラブルが起きた。もう限界だと、家が叫び声をあげているようだった。もう窓すら完全には閉まらなくなっていて、いくら部屋を暖めても体の震えは止まらなかった。

そのことを話すと事業所の先輩の服部（はっとり）さんは言った。

「家とか部屋ってなんか感情があるんだって。引っ越し決めたり、取り壊すってことを話し合った途端、あちこちに故障が出るって話は、利用者のおじいちゃんから聞いたことあるなあ」

その話を聞いて、取り壊す前に私がここを出てしまったら、この家はもっとひどい状況になるのではと不安になった。大雨が降るとか、積雪になるほど気温が低い日は、新しい部屋に避難する。それ以外の日は極力、この家で過ごそうと決めた。人への興味はすっかりなくなっているのに、自分は寂れていく家の機嫌をとろうとしていた。

マンションの駐車場と部屋を行き来して、段ボール箱を運び終えた。それでも、新しい部屋はがらんとしている。午前十一時過ぎ、冬とはいえ掃き出し窓から差し込む太陽の光は暑いくらいだ。カーテンを買わなくちゃ、と思いながら、すっかり忘れていたことに気づく。カーテンだけではない。包丁もまな板も、タオルも、新しい生活には何もかも足りない。部屋を見回して、思いつくまま携帯にメモし、私はマンションを後にした。

ショッピングモールで、私は必要なものを次々に買った。必要な買い物が終わっても、お風呂に浮かべるプラスチックの黄色いあひるとか、林檎の形をしたキッチンタイマーとか、とりたてて今、必要でもないものも思いつくままに買った。ひとつひとつは単価の高いものではない。それでも、こんな無駄遣いをしたのは久しぶりだった。

一生、あの部屋で暮らすのなら、いっそのことあの部屋を買ってしまえばいいのかもしれない。けれど、おじいちゃんの家を売ったお金を、無味乾燥なあの部屋に使うことには抵抗があった。新しい部屋の家賃は自分の給与から払う。家と土地を売ったお金にはできるだけ手をつけない。いちばん堅実なのは、自分の未来のためにとっておくことだ。自分一人で生きていくために。自分が働けなくなったときのために。

けれど、そう考える一方で、残りのお金を一瞬で使い果たしてしまいたい、という妙な思いにとらわれることもあった。道路拡張という名目があるとはいえ、おじいちゃんの家と土地を売ったお金を自分一人が手にしている、という重みに耐えられない自分がいた。例えば、このショッピングモールでくだらない買い物を続けてお金を使い果たす。けれど、このショッピングモールでお金を使い果たすほど欲しいものがあるとは思えなかった。

今から十年ほど前、このショッピングモールができたときは、そうじゃなかった。休みのたびにここに来た。来るだけで気持ちが高ぶった。私以外の人も、こぞってここにやってきたはずなのに、今はどの店も閑散としている。平日のこの時間は、客よりも店員さんの数のほうが多いような気もする。

両手に重いビニール袋をいくつも提げて、出口に向かった。出口の上にある時計が、もうすぐお昼であることを示している。マンションで料理をする気にはなれなかった。ここで何か食べておこうと、私は踵（きびす）を返してエスカレーターに乗った。

最上階にあるフードコートのフロアは、私がこの町にいない間にすっかり改装されていた。南側の窓は天井まで全面ガラス張りで、窓に向かって一人客のためのカウンター席が設けられている。テーブル席に座っているのは、いずれも老人か、小さな子どもを連れた若い母親たちだった。カウンター席に荷物を置き、最初に目についた店で、皿うどんを注文すると、四角いコールボタンのようなものを渡された。出来上がったら、音楽が鳴って機械が震えるのだと店員に説明される。今の自分の仕事も、コールボタンひとつで利用者宅に呼ばれる。食事も仕事も同じシステムだ、と私は思った。

カウンター席に座り、窓の外をぼんやり眺めた。川沿いに植えられているのは桜だろうか。花が咲くのはまだ先だ。川の向こうの田圃（たんぼ）。左側に連なる山並み。空は冬らしい澄んだ青をしている。田圃に小さな鳥の群れが降り立ち、しばらくすると、また、群れを成したまま飛び立っていった。コールボタンが震え、音楽が鳴り、私はトートバッグを持って立ち上がった。私の前を同じ店に歩いて行く人がいる。背中に見覚えがある。トレイを手にしたその人が振り返り、私と同時に声をあげる。

「あ」

海斗だった。何かを言おうとしたが迷って私は口を噤んだ。海斗も何も言わない。海斗と私は黙ったまま、皿うどんを受け取りそれぞれの席に向かった。私はカウンター席全体の真ん中へんに、海斗は一人でカウンター席のいちばん端に座っていた。なんとなく海斗のほうから、話しかけてくれるんじゃないかと思っていたが、海斗が近づいてくる気配はない。私も距離をはかりかねていた。近づいていいのか、話しかけていいのかもわからない。私と海斗は同じ皿うどんを同じカウンター席で、それぞれ食べた。私は時々、箸を休めて窓の外の風景を眺めた。

私から海斗に話しかける勇気はない。海斗はたぶん、私のことなどできる限り視界に入れたくもないだろう。違う道を歩いている。それは永遠に重なることがないように思えた。同じ町に住んでいても、こんなふうに近くにいても、まるで他人のように、時々は同級生の飲み会で顔を合わせても、素知らぬ顔でそうやって生きていくのだ。

「どこにいる?」

頭の上からいきなりそう言われて、むせた。慌ててコップの水を飲んだ。

右を向くと、すぐ横に海斗が立っていた。すでに食べ終わったのか、リュックを右肩にかけ、数冊の本を手にしている。海斗の視線は私の隣の席にあるいくつもの買い物袋に向けられていた。そのひとつからビニールに包まれたカーテンが透けて見えている。

「あそこにもう住んでないのか？」

「……あ、あのね」と答えながら、どこから話していいのか迷った。私が海斗に「おかえり」と言われたあの日のように、海斗は家に来てくれたことがあったのだろうか。

「あの家と庭、道路にひっかかってなくなるの。だから私、引っ越して。今はあの家と新しい部屋を行き来してて」

海斗は黙ったまま窓の外に目をやった。私は海斗を見ていた。私と同じように歳をとった海斗がいる。しばらく経って海斗が口を開いた。視線は窓の外を向いたままだ。

「一人で？」海斗が尋ねる。

「一人で」

そのとき、どこか近くのテーブルから赤ん坊の泣く声が聞こえた。天井が高いせいだろうか、まるでどこかに吸収されるように、その声が遠ざかっていく。

「あの家と庭がなくなるのか」

「庭は半分残る。だけど、すごく狭いし、それだけ残されてもどうしようもできないし……」

どこか言い訳めいている、と思いながらも私は答えた。そう感じたのは、表情と声色から、海斗が怒っているように思えたからだ。視線を落とすと、海斗が手にしている本の背表紙の文字が目に入った。「福祉系大学」「受験」「小論文対策」。どれも参考書のように見えた。

「庭だけでいいから見せてくれないか？」

「……わかった」

私は皿うどんが半分残った皿をトレイに載せ、片付けるために立ち上がった。皿を見た海斗が驚いた顔をしている。

「食べてからでいいよ」

「ううん、もうおなかいっぱいだから」実際のところそうだった。

ショッピングモールから、私と海斗はそれぞれの車に乗り、私の家に向かった。

私が庭先に車を停めると、海斗の車が山道を上がってくる音がした。

私は家に入って縁側に回り、ガラス戸を開けた。力を入れて持ち上げないと、うまく開いてくれない。台所でお湯を沸かした。沸くまでの間、庭を見た。夏の間は獰猛（どうもう）なくらい繁茂していた雑草は冬枯れし、庭全体が茶色に染まっている。それでも、あとひと月もしないうちに、また、新しい緑がこの庭に顔を出すだろう。

海斗は庭の真ん中あたりに立ち、庭全体をゆっくりと眺めている。お茶の準備をしながら思った。海斗はここで私と暮らしたこともあるのだ。海斗が庭だけでもいいから見たい、と言った気持ちがわかるような気がしたし、この家がなくなることを私は海斗に知らせるべきだったのではないかという気もした。

　二月にしては妙に気温の高い日だった。

　海斗は縁側に座り、私が淹れた日本茶をゆっくり飲んだ。

「大学に行くの？」さっき海斗が持っていた本のことが気にかかっていた。

「福祉系の大学に行こうとは思ってる。すぐじゃないかもだけど」

「そっか。夢だったもんね」海斗の、と言おうとして口を噤んだ。

　呼び捨てでいいのだろうかと迷った。ケアマネージャーになること、大学に行くこと、社会福祉士になることは、昔からの海斗の夢だった。つきあっているとき、二人で交互に大学に行こうと誘われたこともある。海斗はすでにケアマネだ。若い頃の夢をひとつずつ叶えている。ずっとこの町で。私が住む場所を変え、宮澤さんを追いかけて、別れ、また、この町に帰ってきたりしている間に。私のずっと先を海斗はペースを変えずに走っていた。

「日奈だって行けるだろ。だって、この家売ったら……」

　海斗がかすかに笑みを浮かべて言った。海斗の、日奈、という響きがなつかしかった。

「そんなにたくさんでもない」

「残った庭、半分はどうするんだよ」

「さあ……」

「さあ、って。つっても公園にもならないか、この半分の広さじゃ」

そう言いながら海斗はまた庭を眺めた。

「でも、もったいないな」

「あのね、海斗」あえて名前を呼んだ。

「ひとつ、お願いがあるんだ」私はなんてずるい。

「この家壊すとき、立ち会ってくれないかな」

今までだって困ったときだけ海斗を頼ってきた。そして今度も私の願いを海斗は断らないだろうという確信があった。この家の最後を看取りたい。けれど、たった一人でそうするのは怖かった。両親はもうとうにこの世にいない。おじいちゃんもいない。宮澤さんにも頼れない。この家に縁のある人は、私には海斗しかいないのだ。

海斗は黙ったままお茶を飲み干し、小さな声で「わかった」と言った。

「どうしてこう俺は」そう言いながら立ち上がった。

「いつもこうなんだ」

海斗は一度も振り返らないまま枯れた草をかき分け、庭を大股で横切って行った。

午後に一軒目の仕事を終え、会社に戻ると、すぐに村松さんの家に向かってほしいとチーフに言われた。「おじいさんの様子が変だ。熱があるみたいだ」と村松さんの息子さんから連絡があった、と。私は車で村松さんの家に向かった。年末から、インフルエンザや肺炎が猛威をふるっていた。体力が弱ったお年寄りには致命傷になりかねない。

村松さん宅の玄関のベルを鳴らす。反応はない。もう一度鳴らすが誰かが出てくる気配もない。戸を引くと、鍵がかかっていなかった。「村松さん」と玄関先から声をかけると、廊下の奥から俊太郎さんがゆっくりと歩いてきた。

「じいさんの顔が赤くて。おでこに触ってみたら熱くて。それで……」

「わかりました」と言いながら、私は玄関で靴を脱いだ。廊下の奥のおじいちゃんの部屋に入ると、暖房で暑いくらいだ。エアコンのリモコンで室温を下げた。体温は平熱程度で、額に少し汗をかいているけれど、熱のせいではないようだ。おむつに触れると、じっとりと重い。長時間替えてなかったのでは、と思いながら、手早くおむつを替えた。村松さんのおじいちゃんははっきりとした言葉は話せないが、はい、と、いいえの意思表示はできる。

「喉が痛みますか？」「頭が痛みますか？」と聞いてみたが、どちらの質問にも頭をかすかに横に振った。下着が汗で濡れているようだったので、清拭（せいしき）をすることにした。手早くパジャマを脱がせながら、廊下に立ったままの俊太郎さんに伝えた。

「風邪の兆候ではないと思いますね。エアコンのせいで少し暑かったのかも」

そう言っても返事はない。

「あ、今日、お一人ですか？　村松さんは？」その質問にも俊太郎さんは答えなかった。

「コールボタン鳴らしても、毎回日奈ちゃんが来るわけじゃないんだ」

「ひとつのお宅を数人で担当してるんで。日によっても時間によっても、介護する人間は替わります」そう言いながら、おじいちゃんの顔を拭いた。新しい下着とパジャマに着替えさせ、念のため、もう一度体温を測ったが、さっきよりも熱は下がっていた。

「呼吸も荒くないですし、体調は今のところ問題ないです。何かあったらまた」

「五分だけ」

「はい？」

「日奈ちゃん、五分、いや三分だけでいいんで、僕の話を聞いてくれないか？」

私のかすかなおびえに気づいたのか、俊太郎さんが言葉を続ける。

「日奈ちゃんが怖がるようなことは絶対にしない。それだけは約束する」

そう言って俊太郎さんが廊下を台所に向かって歩いて行った。

俊太郎さんの話を聞こうと思ったのは、自分がこの前、家の最後に立ち会ってほしいと海斗に頼んだことが頭の片隅にあったからだ。誰かに何かを頼む。誰かから何かを頼まれる。

海斗にわがままを通した自分は、誰かの願いを聞き入れるべきなんじゃないか。三分だけなら。部屋に残された私は、念のため、携帯の画面に事業所の番号を表示させておき、いつでも電話ができるように、制服のポケットにしまった。

台所の隅、ガスストーブの上に置かれたやかんの口から湯気が白く立ち上っている。俊太郎さんは、台所のテーブルに着き、私にその向かいの席をすすめた。立ったまま話を聞こうと思ったが、俊太郎さんは私が座るのを待っている。椅子を引いて、いつでも立ち上がれるようにして腰を下ろした。

ガスストーブが燃える音と、やかんの湯気の音をかき消すように俊太郎さんの声が響く。

「日奈ちゃん、男の人と暮らしていたけど、別れて、この町に戻ってきたんでしょう。……その前は同じ専門学校の男の子とつきあっていたんだよね。あの人から全部聞いた。あの人はこのあたりの噂話で知らないことはないからね」

私は俯いたまま黙っていた。

「あ、いや、日奈ちゃんを責めたいわけじゃないんだ。だけど、女の人ってなんでそういう気持ちの切り替えがすぐできるんだろうって。……僕の奥さん、いや、僕の奥さんだった人は、僕と結婚していたのに、浮気してたんだよ。僕は三年間もそのことに気がつかなかった。馬鹿だよね。そんなことに気がつかないなんて。だけど僕もその頃、大変だったんだよ。会社はつぶれそうになるし、仕事でミスばっかりするし。奥さんのことまで気が回らなかった。共働きだったからね。夜遅く帰ってきたって、仕事で忙しいんだろうと思っていた。……だけど、なんか、わかっちゃったんだよ。ある日突然。なんかおかしいかも、ってことが、全部ひとつにつながった。奥さんも油断してたんだろうね。僕は問い詰めた。私が絶対そんなことするわけない、疑うのか、って言われたよ。そう言われて僕は一度、奥さんを信じた。いや、嘘だな。そのときから真剣に疑い始めたんだ。探偵事務所に大金を払って、奥さんの行動を監視した。たった一週間で、奥さんが僕に隠れて何をしていたか、全部わかったよ。僕が想像していた以上のことだった」

もう三分はとうに経っていたと思うが、俊太郎さんの話は終わる気配がない。私はポケットのなかの携帯を握りしめる。俊太郎さんの声のトーンは変わらない。まるで目の前にある原稿を読んでいるみたいだった。

「離婚してくれ、と言ったのは僕だ。悪いのは向こうだけれど、慰謝料も請求しなかった。奥さんはすぐにマンションを出て行った。僕と別れたすぐあとに、浮気相手の男と暮らし始めたと、わざわざ教えてくれた人がいた。どこにでもいるんだよね。そういう余計なことする人って。よかれと思ってやってるんだろうから始末に負えない。……僕と奥さんは中央線沿いのマンションに住んでいたんだよ。奥さんが出て行って、一人でさ、仕事から帰ってくるとよくマンションのベランダでビールを飲んだ。オレンジのラインが入った電車が走って行くのが見えると、涙が出てくるんだよ。あの電車が、この町につながってると思ったらさ、涙がとまらないんだよ。蛇口が壊れたみたいに涙が出てくるんだ。おかしいよね、いなくなった奥さんのこと思って泣くならわかるけどさ、走ってる電車見て、この町のこと思って泣くなんて。もう、その頃には、僕はすっかり壊れていたんだろうね。ある朝、布団から出られなくて会社に行けなくなった。起き上がろうとしても起き上がれないんだ。三カ月そんなことが続いて、体（てい）よく首にされたよ。だけど、会社と争う気もなかった。あの人が僕を迎えに来て、それで、僕はまたこの家で暮らすことになった」

　ぷつりとそこで話は途切れた。

　俊太郎さんがテーブルの上に置いていた手をひっくり返して、手のひらを天井に向ける。話が終わったのだろうか。俊太郎さんは何も言わない。私が椅子を引いてゆっくりと立ち上がっても、俊太郎さんは同じポーズのまま動かなかった。そのとき、ふいに玄関の戸が開いた。白いビニール袋を提げた村松さんが顔を出した。

「あら、日奈ちゃん。え、なんで？」村松さんが驚いたように声をあげる。

「あの、おじいちゃんが熱があるかもしれないって、俊太郎さんが連絡くださって」

「ええっ」

「でもなんでもなかったです。お熱も平熱ですし、風邪の兆候もないです」

「ああ、そう、はあ、びっくりしたわ。何かあったのかと」

そう言いながら、村松さんは部屋に上がり、台所に荷物を置くと、廊下の先のおじいちゃんの部屋に小走りで向かう。私も村松さんのあとを追い、体調やおむつ替えや清拭のことを説明した。台所に戻ってきたときにはもう、俊太郎さんの姿はなかった。


明日の休日はこのあたりでも積雪になるかもしれないという天気予報を聞いて、私は新しい部屋に泊まることにした。ワンルームマンションの気密性の高さと暖かさに慣れてくるに従って、あの家の底冷えのする寒さと隙間風に耐えられなくなっていた。現金なものだ。私は家を乗り換えようとしている。古い家から新しい部屋に。

ふいに思い出したのは、昨日、俊太郎さんに言われた「女の人ってなんでそういう気持ちの切り替えがすぐできるんだろう」という言葉だった。自分のしてきたことを考えれば、そう誰かに責められても仕方がない。マンションの狭いプラスチックの浴槽につかりながら考えた。海斗から宮澤さんに。そして、また海斗に頼ろうとする自分。そこでふと気づいた。漂流している人が必死で流木につかまるように、誰かにしがみつくような関係を持とうとするのは、私が一人だからか。温かいお湯のなかにつかった自分の腕を、胸を、おなかを見た。

小さな泡がそこかしこに付着している。私の体はよるべない。

そのとき、浴室の外で携帯が鳴る音がした。お湯から上がり、バスタオルを体に巻き付けてダウンコートのポケットに手を突っ込んだ。画面には、村松、とある。

「ごめん、日奈ちゃん。私」慌てた村松さんの声がした。

「おじいちゃんですか?」

おじいちゃんのことであっても、この携帯に電話がかかってくるはずはない。どきりとした。

「違うの。俊太郎が……ちょっと様子がおかしくて。声をかけても起きないのよ」

村松さんの声は今にも泣き出しそうになっていた。

「今すぐ行きます」そう言いながら、私は濡れた髪と体をタオルで拭いた。顔を上げると、カーテンを閉めていない黒い窓に裸の自分が映っていてぎょっとした。

乾ききっていない髪の毛をニットキャップに押し込み、さっき脱いだ服を身につけ、私は車を走らせた。

「息はしているみたいなんだけど、起こしても起きないの。でも、ただ寝てるだけかもしれないと思って」

部屋に上がった私の腕にすがりつくようにしてそう言う村松さんの声は震えている。村松さんが玄関脇にある俊太郎さんの部屋のドアを開けた。ベッドに寝ている俊太郎さんは、両手を組んで胸の上に載せ、静かに眠っている。胸の上の両手がかすかに上下する。ふいにベッド横にあるゴミ箱に目がいった。錠剤が出されたあとのたくさんのアルミのシート、それにミネラルウォーターの空のボトル。見た瞬間、携帯で１１９を押していた。

「日奈ちゃん、俊太郎、死ぬの、ねえ、死んじゃうの？」

「大丈夫です。死にません。大丈夫です」そうくり返すしかなかった。

救急車はすぐにやってきた。俊太郎さんには私が同行することになった。走り出した救急車のなかで、俊太郎さんがゆっくり目を開けた。

何かを言おうとしている。口元に耳を近づける。

「……本気だったら樹海に行くよ」そう言って俊太郎さんはかすかに笑った。

俊太郎さんが入院した病院は駅前にあって、私のマンションからも近かった。早番の仕事のあと、病室に顔を出してみた。四人部屋、カーテンで仕切られた窓側のスペースに俊太郎さんのベッドがあった。私がカーテンから顔を出すと、俊太郎さんはベッドから起き上がろうとする。

「デイルームに行きたいから」そう言う俊太郎さんの体を支えようとすると、

「もう大丈夫だから」と私を手で制した。

多少ふらふらしてはいるが、俊太郎さんは一人で歩くことができた。夕方のデイルームには、私と俊太郎さん以外、誰もいなかった。俊太郎さんは、窓に向いた椅子にゆっくりと座る。私も隣に腰を下ろした。

「ほら、あそこ」俊太郎さんが指さす。

薄いベージュの見慣れた駅ビル、上層階のT字形の銀の窓が夕陽を照り返している。ロータリーには、一台のバスと数台のタクシーが停まっている。駅ビルの右側から、電車が東京方面を目指して走り出していく。あずさだろうか、かいじだろうか。私もあの駅から宮澤さんに会いに行ったこともあった。

「私のつきあっていた人も東京にいるんです」

俊太郎さんが私の顔を見て、何か言いたそうに口を開いたが、何も言わなかった。

「胃洗浄つらかったですか？」

「意識がなかったからまったく覚えてなくてさ」

「薬、たくさん飲んでも死ねないんですよ」

「眠りたかっただけなんだよ。ずっと、ずっとね。でも、死にたかったわけじゃない」

「村松さんが心配します」

「あの人は大げさだから。噂話が好きなただのおばさん」

「でも、東京に、俊太郎さんを迎えに行った人です。やさしいおかあさんです」

「…………」俊太郎さんが俯いて口の端がぐいっと下を向いた。

東京方面から勢いよく電車が走ってきた。この町からもっと先に、これからの時間、あの電車に乗っている人は何をしに行くんだろう。家に帰る人ばかりではないだろう。

「日奈ちゃんの家も、もうすぐなくなるんだ」

「死んだおじいちゃんが化けて出てくるかも。よくもあの家を壊したって」

私がそう言うと、俊太郎さんは救急車のなかに寝かされていたときと同じような顔で笑った。

「子どもの頃、日奈ちゃんのおじいさんとよく将棋をさしたな。虫や蝶の図鑑をよく見せてくれた。学校でいじめられていた僕の話をよく聞いてくれた。日奈ちゃんの家だけが、僕の居場所だった時期もあるんだ」

「……そんなこと、……ちっとも知りませんでした」

「日奈ちゃんはまだこんなに小さかったから」

そう言って俊太郎さんは腰のあたりに手をやった。

「庭で一輪車に乗ったり、しろつめ草で花輪を作ったり、いつも鼻歌を歌っていてさ。僕はその頃、毎日が真っ暗だったから、この子はいったい何がそんなに楽しいんだろうと、いつも思っていた」そう言って俊太郎さんは笑い、窓の外に目をやった。

「日奈ちゃんは小さくて、明るくて、強い子だったんだ」

エレベーターの扉が開いて、入院患者の夕食を載せた銀色のカートが運ばれてきた。

「あ、もう食事の時間ですね」私は言いながら立ち上がった。

「日奈ちゃん」そう呼ばれて、私は俊太郎さんの顔を見た。

「一人で寂しいと思ったことはないの？」

「実は、そんなにないんです」

私はデイルームを出て、廊下を進み、エレベーターのボタンを押した。

「僕はまた誰かを好きになることができるかな」

「さあ……」

「さあ、って。……冷たいなあ」そう言って俊太郎さんは笑った。

「自分のことだってわからないし」

「わからない、わからないと言いながら、女の人はいつだって大胆なことをするじゃないか。

本当に僕はわからない」エレベーターの扉が開く。

「……だから、わかりたくて近づこうとするのかな」

自分に言い聞かせるように俊太郎さんがつぶやいた。

エレベーターに乗る私に俊太郎さんが言った。

「ありがとう」

私が頭を下げると、俊太郎さんは片手を上げた。エレベーターの扉がゆっくりと閉まっていった。

家が壊されることになったのは、この町にすっかり春がやってきた四月最初の木曜日だった。

最初に幾人かの作業員の人たちが屋根に上り、すべての瓦を庭に投げた。それが終わると、黄色いショベルカーがおじいちゃんと私が住んでいた家を壊していく。縁側が、和室が、台所が、日の光のもとにあらわになった。人の体が解剖されていくような生々しさがあった。壁や床は今では廃材になって、庭に積まれていく。

「もういいかな」

私は前を向いたまま、海斗に言った。海斗が頷くのがわかった。私と海斗は壊されている家から離れた。壊されている音を聞きながら、私は「さようなら」と心のなかでつぶやいた。

「モールでめしでも食う？　それともいっそのこと絶叫マシーンでも乗る？」

車を運転しながら海斗が私に尋ねる。

「天気がいいから、ボートに乗ろうか」

「あ、珍しい」そう言いながらも、海斗は私の言うことに反対しない。

湖の向こうに見える富士山に雪はまだ多く残っていたけれど、そのまわりの空は冬のような厳しさがない。ゆるく、滲んだように、ほどけている。湖面は春の光を穏やかに照り返していた。平日の昼近く、私と海斗以外にボートに乗っている人はいない。海斗がオールを握り、湖の中程まで勢いよく漕いでくれた。指を水に浸してみた。日の光に反して、その水は驚くほど冷たかった。湖のなかにまで、春はまだ来ていない。

「なんで俺の親父は、海のないところで生まれた俺に海なんて字を入れたんだろう」

海斗がひとりごとのように言った。この前の飲み会で、隣に座った海斗から、おとうさんが亡くなった話を聞いた。将来は、お年寄りだけでなく、子どものための仕事をしたいと思っていることも話してくれた。飲み会で初めて隣同士に座った私と海斗を見て、こずえちゃんが、「あーあ」と指をさして笑った。

風が少し出てきた。私と海斗が乗ったボートがゆっくりと動く。

「残りの庭はどうするんだよ」

「…………」実際のところ、私もどうしたらいいのか迷っていた。

「まあ、日奈の庭だからな、好きなようにすればいいんだ」

風で流されるのに抗うように海斗がオールを動かす。

「草刈りなんてしないでさ、雑草のまま、飛んできた種でもなんでもかんでも生えてきたままにして、伸びて伸びて邪魔だって言われてもさ、そのままにしとくんだ」

「それ、迷惑じゃない？」私は笑いながら言った。

「迷惑なもんか。夏になれば草は勝手に茂るし、冬になれば枯れるだろ」

風がさっきより強くなった。

「花でも野菜でもなんでも、日奈の好きなもん植えればいいんだ」

笑いかけたけれど、あの家はもうすべて壊されてしまっただろうか、と考えると、胸のあたりがずしりと重くなった。風はさらに強くなる。

海斗の言葉で、ふいに思い出したのは、いつか、宮澤さんが種を蒔いてくれたのかもしれない朝顔のことだった。宮澤さんがいなくなって地面を這うように蔓を伸ばしていた朝顔の支柱を立ててくれたのは海斗だった。その翌年も、次の年も、とっておいた種を蒔き、芽が出て、蔓が伸びて、花を咲かせたけれど、宮澤さんを追ってあの町に行き、戻ってきたあとは、朝顔のことすら忘れていた。

もし、残った庭に朝顔の種が残っていて、芽を出したら、ゆるやかに螺旋を描きながら伸びていく蔓のために、私が支柱を立てようと思った。

海斗がまた、ボートを漕ぎ出す。私はボートから顔を出し、湖の底を眺めた。緑青色に濁っていてどれくらいの深さがあるかもわからない。その水の上に、私と海斗が小さなボートで浮かんでいる。俊太郎さんが救急車で運ばれたあの夜、浴槽につかっていたときのことを思い出す。私だけじゃなくて、誰でも、自分のことをよるべないと思う夜があるんじゃないか。俊太郎さんも、目の前にいる海斗も。誰かといっしょにいたって、よるべない夜がまた来るんじゃないか。それでも。

「トイレ?」

黙っている私に海斗が言った。「違う」と笑いながら首を横に振ると、

「なんかあったかいもの食おう。冷えたし、腹が減った」

私の返事を聞かないまま、海斗は岸辺に向かって力いっぱいボートを漕ぎ出す。

湖から町に向かって車は走り出した。山を下り、蛇行する道を進む。カーブを曲がるたび、桃の花と菜の花が咲き乱れる景色が広がる。子どもの頃だって、こんな景色は何度も見たはずなのに、今日はなぜだか、ピンクと黄色しかない世界の穏やかさが胸にしみた。昔の人がこのあたりのことを桃源郷と呼んだのもわかる気がした。

車が次第に町に近づく。赤信号で停まる。

海斗は前を向いたまま、左手を、私の右手の甲にそっと重ねた。海斗の手のひらの重さと温かさを感じた。その手がいつか冷たく、かたくなることも私は知っている。私は手のひらを返して、海斗の四本の指を握った。乾いた指の感触は枯れた草にも似ていたが、海斗の心臓から放たれた血液は指先にも届き、その熱を私の指に伝えていた。

人の体は永遠に繁茂する緑ではない。けれど、永遠じゃないから、私はそれがいとおしい。信号が青に変わった。海斗も私も前を向いたままだ。海斗の手が遠のく。

「そばにいてほしい」

自分の声が自分の声じゃないように聞こえた。海斗は何も言わなかった。もしかしたら聞こえなかったのかもしれない。けれど、言葉にできたのだから、私にとってはもう十分なのだった。

〈参考文献〉

『資格のとり方・しごとのすべて 介護福祉士 まるごとガイド』
日本介護福祉士会／監修（ミネルヴァ書房）
『マンガでできる介護職員研修 考える力を伸ばす人材教育テキスト』
介護ビジョン編集部／企画・制作　どい まき／作画（日本医療企画）

解説

朝井リョウ

「デビュー作にはその作家のすべてが詰まっている」というのはよく聞く話だ。だが、窪美澄という作家に限っては、どの作品からも「すべてが詰まっている」と思わせられる凄味がある。常に出し惜しみせず、もう一滴も滲まないというところまで心を振り絞って書いている――本人には笑われてしまうかもしれないが、読むたび勝手に、そんな印象を抱く。

窪美澄という作家には、いま述べたものの他にもいくつか特徴があると思っている。そして、今作『じっと手を見る』は、個人的に、それらの特徴が非常に色濃く出ている作品だと感じている。そのため今回の解説では、一読者として思う著者の小説の特徴を、今作の内容と照らし合わせながら紹介していきたい（そのため、本編の内容に関わる重要な点に触れる可能性があります。未読の方はご注意ください)。

本題に入る前に、今作のあらすじに触れておこう。

物語の舞台は、富士山が〝誇るべき世界遺産〟としてではなく、外の世界へ出ようとする者を阻む壁、または外の世界に出た人間を引き戻す巨大な磁石のように感じられる町だ(本編の中では、東京タワーが〝東京に収まるべき人間〟を引き戻す磁石の役割を果たしていると感じられる描写があり、その対比に私は唸った)。その町で介護士として働く、最後の身寄りである祖父を失くした女性・日奈。日奈の幼馴染でかつて恋人でもあった、同じく介護士の男性・海斗。ふるさとから出たことのない二人に、東京から来たデザイナーの男性・宮澤はここではないどこか広い世界を匂わせる存在だ。離婚により子どもの親権を失った女性・畑中は、誰かに自分を把握されるとその町から出て行くような生活を続けながらも、海斗とは職場仲間としても人間同士としても深く関わってしまう。日奈と海斗、日奈と宮澤、宮澤とその妻、畑中と海斗、死へ向かう人間たちに触れ続ける介護という仕事のすぐ隣で繰り返される、手を伸ばしては離れゆく男女たちの営み。そこで描かれるのは、決して世間的に〝正しい〟とされる感情ばかりではない。頁を捲るたび、私たちは、こうすべきではない、と頭で捉えている論理を軽々と砕く心の突起を把握していく。容赦ない心情描写に打ちのめされる、という表現は著者の作品の書評でよく見られるが、もちろんその要素もありつつ、読みながら実は、いびつながらも心の形を整えられているような安心感にも包まれる。

収録されている七編の物語は、先述した語り手がぐるりと一周するように変わっていく。一編目に出てくる脇役の知られざる背景がその脇役が語り手となる二編目で明かされる、それにより各登場人物の心が立体的にわかっていくという構造は連作短編の王道だ。だが今作は、様々な角度からある人物が語られれば語られるほど、その人物の欠落が深まって感じられるところがおもしろい。その人物を理解していくというよりも、人の悲しみや寄る辺なさやどうしようもなさは理解できないのだということを思い知っていく。だが、その気づきは決して絶望とは似ておらず、はじめからそこにあった真実かのような顔をしている。

読後、私の脳裏には、この本を手渡してみたいと思う人々の顔が浮かんだ。そして実際に、何人かにこの本を贈った。これが、著者の小説の二つ目の特徴だ。

この表現だとまるで、幸福いっぱいの読後感が著者の小説の特徴だと言っているようだが、誤解を恐れずに言うと決してそういうわけではない。著者の作品を読むといつも、「面白いからこれ読んでみて！」という意味ではなく、「ここで描かれているような心情にとても心当たりがあるような人間です」と頭を下げたくなる衝動に駆られるのだ。そんなふうに、暴力的ともいえる正直さのようなものを全身の真ん中に宿してくれる作家を、私は他に知らない。

そして、その行動は、自分が矛盾だらけで不完全でどうしようもない人間であることを全て隠さず打ち明けたいという自己陶酔を含んだ懺悔というだけではない。こんなにも間違った人間であることを自覚したうえで関わり合いたいと願うほど、あなたは大切な存在なのですというカミングアウトに近い決意表明である。そんな衝動に駆られるのは、著者の小説には、他者と関わることにおける幸福と不幸の両方がたっぷり描写されているからかもしれない。今作に多く登場する、自分から伸ばした手で誰かを振り払うような身勝手さも存分に自覚しているのに、その手を伸ばさずにはいられない人々。そんな、あまりにも身に覚えのありすぎる切実さは、物語を超えて現実世界の自分にも行動を起こさせる。

他者と触れ合い初めて知ることができる自分自身の死角と余白。他者と何度もぶつかりながらも、何故かどうしても変えることができない自分の膿んだ部分。その両方を、現実の行動を引き起こすまでに自覚させられる読書体験は、本当に貴重だ。

三つ目の特徴は、著者の作品を読んでいると、身体に跡が残るような一行に必ず出会えるということだ。たとえば、デビュー作にして山本周五郎賞を受賞した『ふがいない僕は空を見た』に出てくる「そんな趣味、おれが望んだわけじゃないのに、勝手にオプションつけるよな神さまって」という一行。根強いファンを生み続けている連作短編集『よるのふくらみ』に出てくる「誰にも遠慮はいらないの。なんでも言葉にして伝えないと。どんなに小さなことでも。幸せが逃げてしまうよ」という一行。私は、これらの言葉が、常に身体のどこかで息を潜めているような感覚がある。日々の生活の中のしかるべきタイミングで、この言葉が肌の下で疼いてくれるのだ。

今作でも、そういう出会いは多くあった。一部を紹介すると、「責任感じて誰かと生活する、っていうのがいちばんだめだって」（二五一頁）。「人の体は永遠に繁茂する緑ではないけれど、どれも、永遠じゃないから、私はそれがいとおしい」（三〇四頁）など。これらの言葉たちは、どれも、今後の人生の中で自分の心を守ったり担ぎ上げたりしなければならないときに、その骨組みの一部として顔を出してくれる予感がある。その予感を嗅ぎ取れただけで、私にとってはじゅうぶん満足な読書体験なのだ。

小説を書いていると、実利主義のような考え方に足元を掬め取られそうになる瞬間がある。こんなに長い文章を、今の時代、どれくらいの人が読んでくれるのか。この一行を書きたかったのならば、この一行を看板に書いて街頭で掲げたほうが手っ取り早いのではないか。そういうときは、著者の小説から受け取る一行のことを思い出す。長い物語の中にある一行だからこそ、忘れられない人生のおまじないになっていること。言葉の銀河の中から自分で選び、受け取り、自らに引き寄せるからこそ、言葉が身体に跡を残すような感覚を得られること。そもそも社会に何か一石を投じたいという思いで小説は生まれるのか、ということ。著者の小説は、その一行から様々なことに思いを巡らせてくれる。

　この解説で述べる最後の特徴は、著者による〝これを起承転結とみなす〟という判断に信頼がおけること、である。

　個人的に大好きな作品集『雨のなまえ』が刊行されたとき（きっと今作が好きな人は気に入る作品集だと思うので、ぜひ手にしてみてほしい）、小説の結び方について著者と意見を交わした。端的に言うと、小説を終わらせることってできないよね、という話だ。ラストシーンのその後も登場人物は生き続けるのに、いかにも「終わりました！」というふうには結べない。だけど、だからといって全く何も収束させないのもどうなのか……このジレンマは小説家の常かもしれないが、著者の作品を読むといつも、「まさにここで、これくらいの言葉で」と期待する通りに物語が閉じていく快感を得られる。睡眠には波があり、ちょうど目覚めやすい時間帯に起きるとスッキリ起床できるという話を聞くが、著者の用意する起承転結はまさにそんな感じだ。寄せては返す感情の分量が、私にとってはものすごく丁度いい。

　これは結び方だけの問題ではない。起承転結の、主に〝転〟に関しても当てはまる話だと思う。

　〝転〟に当たる箇所には、やはり感情が大きく揺れるシーンが用意されることが多い。人が死んだり、戦争が起きたり、大成功の前の大失敗があったり、その種類は様々だが、とにかく濃い味付けが行われるケースが多い。だが、著者の小説を読んでいると、立ち上がれなくなるくらいの悲しみは、二度と起き上がれないほどの絶望は、世界に全身を抱きしめてもらえたような幸福は、日常に転がる些細な一瞬を引き金に沸き上がるのだと実感させられる。そして、借り物の技を使わなくとも起承転結は捻出できるのだという、書き手としての気概も感じられるのだ。

今作も、表題になっている「じっと手を見る」でも幕引きとしては十分だったかもしれないが、七編目の「よるべのみず」のラストシーン、その締めの文章がたまらない。目に見えて何かが解決されたわけではないが、映像としては日奈の唇が数ミリ動いただけかもしれないが、日奈の唇を数ミリ動かすまでの膨大な感情と時間が、頁を捲る指先からなだれこむようにして伝わる。それは、文章の美しさ、心の機微を捉える視線の鋭さ、そのどちらもが備わっていないとできないことだ。

そう、著者の小説は必ずしも、多くの読者が望むようなハッピーエンドとは限らない。だが、見知ったハッピーエンドとは違う人生だって、きっと、愛することができる。そう信じさせてくれる説得力がある。それは、誰もが祝福するようなハッピーエンドよりも強いパワーを持って、私たちの人生を支えてくれるはずだ。

二〇二〇年、著者はデビュー一〇周年を迎える。直木賞候補作となった長編『トリニティ』で織田作之助賞を受賞し、『やめるときも、すこやかなるときも』を原作としたドラマは世界各国で放送され、初の新聞連載となった『ははのれんあい』の刊行が控え――これまでの歩みすべてを味方にして突き進んでいるような今の姿は、恐れ多くも同年デビューの同業者として、とても逞しく、羨ましい。上梓する作品すべてを代表作にするような筆力が今後どんな作品を生み出すのか、一人の読者としてとても楽しみだ。

――作家

この作品は二〇一八年四月小社より刊行されたものです。

幻冬舎文庫

●最新刊
たゆたえども沈まず
原田マハ

19世紀後半、パリ。画商・林忠正は助手の重吉と共に浮世絵を売り込んでいた。野心溢れる彼らの前に現れたのは日本に憧れるゴッホと、弟のテオ。その奇跡の出会いが〝世界を変える一枚〟を生んだ。

●最新刊
ご用命とあらば、ゆりかごからお墓まで
万両百貨店外商部奇譚
真梨幸子

万両百貨店外商部。お客様のご用命とあらば何でもします……たとえそれが殺人でも？　地下食料品売り場から屋上ペット売り場まで。ここは、私利私欲の百貨店。欲あるところに極上イヤミスあり。

●最新刊
すべての男は消耗品である。最終巻
村上　龍

34年間にわたって送られたエッセイの最終巻。現代日本への同調は一切ない。この「最終巻」は、澄んだ湖のように静謐である。だが、内部にはどう猛な生きものが生息している。

●最新刊
種のキモチ
山田悠介

10歳のとき、義父によって真っ暗な蔵の中に閉じ込められた女。そのまま20年が過ぎ、ついに女の体から黒い花が咲く——。少年が蔵の扉を開けると、女は絶命していたが、その「種」は生きていた！

●最新刊
すべての始まり
どくだみちゃんとふしばな1
吉本ばなな

同窓会で確信する自分のルーツ、毎夏通う海のヒーリング効果、父の切なくて良いうそ。著者が自分の人生を実験台に、日常を観察してわかったこと。人生を自由に、笑って生き抜くヒントが満載。

じっと手(て)を見(み)る

窪美澄(くぼみすみ)

令和2年4月10日　初版発行

発行人――石原正康
編集人――高部真人
発行所――株式会社幻冬舎
〒151-0051東京都渋谷区千駄ヶ谷4-9-7
電話　03(5411)6222(営業)
　　　03(5411)6211(編集)
　　振替00120-8-767643
印刷・製本―株式会社　光邦
装丁者――高橋雅之

幻冬舎文庫

ISBN978-4-344-42961-1　C0193　く-23-1

幻冬舎ホームページアドレス　https://www.gentosha.co.jp/
この本に関するご意見・ご感想をメールでお寄せいただく場合は、
comment@gentosha.co.jpまで。